L'AMOUR

DÉCENT ET DÉLICAT,

OU

LE BEAU

DE LA

GALANTERIE.

Le Soleil ici ne voit que vanité,
D'ignorance & d'erreur toute la terre abondé :
Mais aimer tendrement une jeune Beauté,
C'est la plus douce erreur des vanités du monde.

A LA TENDRESSE,

CHEZ LES AMANS.

M DCC LX.

AVANT - PROPOS.

L'Esprit de l'homme, sans doute, est fait pour quelque chose de plus solide que la bagatelle. Dans les ouvrages qui sont purement de bel esprit, ce qui attache, ce qui plaît, c'est une certaine réflexion, un certain sentiment moral caché sous les choses les plus badines.

Qu'est-ce qu'esprit? Raison assaisonnée.

Mais pourquoi choisir l'amour, un sujet si plein de rêveries? n'en peut-on pas trouver d'autre? hélas! si l'on brûloit tous les Livres écrits sur l'amour, quels Livres ne brûleroit-on pas? on pourroit produire des endroits des Livres les plus révérés, où l'amour est peint avec toute sa force & toute sa délicatesse. Plus circonspect & plus prudent que d'autres Commentateurs, je n'entreprendrai pas de justifier une chose

pro-

profane par des exemples, tirés de ces Livres.

Peu semblable à ces gens paîtris d'orgueil, d'hypocrisie & de curiosité, je ne m'inquiete point des intrigues du tiers & du quart. Je ne m'échauffe point comme les Scuderis à mettre des Héros à la sauce douce ; ainsi qu'on a fait du grand Cyrus, & de plusieurs autres. Si je suis souvent occupé de mes amours, c'est toûjours en galant homme, & en citoyen. Je ne suis pas un amant Cinique, qui n'aime les biens de la vie que pour l'usage, mais un homme délicat, qui veut qu'un certain goût, qu'une certaine volupté, dont la source est dans le cœur, assaisonnent tous les plaisirs.

L'AMOUR
DÉCENT ET DÉLICAT,
OU
LE BEAU
DE LA
GALANTERIE.

LE NOVICE EN AMOUR.

J'ENTRAI dans le monde à dix-sept ans, avec tous les avantages qui peuvent faire rémarquer. Mon père m'avoit laissé un grand nom, dont il avoit lui-même augmenté l'éclat, & j'attendois de ma mère des biens considérables.

L'idée du plaisir, fut à mon entrée dans le monde, la seule qui m'occupât. La paix qui regnoit alors, me laissoit dans un loisir dangereux. Le peu d'occupation que se font communement les gens

de

de mon rang & de mon âge, le faux air,
la liberté, tout m'entraînoit vers les plaifirs.   J'avois les paffions impétueufes,
ou pour parler plus jufte, j'avois l'imagination ardente, & facile à fe laiffer
frapper.

Au milieu du tumulte & de l'éclat qui
m'environnoient fans ceffe, je fentis que
tout manquoit à mon cœur.   Je défirois
une félicité dont je n'avois pas une idée
bien diftinête : je fus quelque tems fans
comprendre la forte de volupté qui m'é-
toit néceffaire.   Je voulus m'étourdir en
vain fur l'ennemi intérieur dont je me fentois accablé ; le commerce des femmes
pouvoit feul le diffiper.   Sans connoître
encore toute la violence du penchant qui
me portoit vers elles, je les cherchois
avec foin.   Je ne pus les voir long-tems,
& ignorer qu'elle feules pouvoient faire
ce bonheur, ces douces erreurs de l'ame
qu'aucun amufement ne m'offroit ; & l'à-
ge augmentant cette difpofition de tendreffe, · & me rendant leurs agrémens
plus fenfibles, je ne fongeai plus qu'à me
faire une paffion telle qu'elle put être. La
chofe n'étoit pas fans difficulté : je n'étois
attaché à aucun objet, & il n'y en avoit
pas un qui ne me frappât : je craignois

de

de choisir, & je n'étois pas même bien
libre de le faire. Les fentimens que l'u-
ne m'infpiroit, étoient détruits le moment d'après par ceux qu'un autre faifoit
naître.

On s'attache fouvent moins à la femme qui touche le plus, qu'à celle qu'on
croit le plus toucher. J'étois en ce cas
autant que perfonne. Je voulois aimer,
mais je n'aimois point: celle de qui j'attendois moins de rigueurs, étoit la feule
dont je me crus véritablement épris; mais
comme il m'arrivoit quelquefois d'être
dans un même jour favorablement regar-
dé de plus d'une, je me trouvois le foir
dans un embarras extrême lorfque je voulois choifir. Ce choix étoit-il déterminé, comment l'annoncer à l'objet qui
m'avoit fixé?

J'avois fi peu d'expérience, qu'une déclaration d'amour me fembloit une offen-
fe pour celle à qui elle s'adreffoit. Je
craignois d'ailleurs qu'on ne m'écoutat
pas, & je régardois l'affront d'être rébu-
té comme un des plus cruels qu'un homme pût recevoir. A ces confidérations,
fe joignoit une timidité que rien ne pouvoit vaincre, & qui quand on auroit vou-

 lu

lu m'aider, ne m'auroit laiffé profiter
d'aucune occafion, quelque marquée
qu'elle eut été: j'aurois fans doute pouffé
en pareil cas, mon refpect au point où
il devient un outrage pour les femmes,
& un ridicule pour nous.

Il eft aifé de juger par ce détail, que
je n'avois pas pris d'elles une idée bien
jufte. De la façon dont elles penfent; il
y a plus à craindre auprès d'elles à ne leur
pas dire qu'on les aime, qu'à leur montrer toute l'impreffion qu'elles croyent
devoir faire; & l'amour, jadis, fi refpe-
ctueux, fi fincère, fi délicat, eft devenu
fi téméraire & fi aifé qu'il ne peut paroître rédoutable qu'à quelqu'un auffi peu
inftruit que je l'étois en entrant dans le
monde.

Loin que je fçuffe la façon dont l'a-
mour fe menoit dans le monde, je croyois
malgré ce que je voyois tous les jours,
qu'il falloit un mérite fupérieur pour
plaire aux femmes, & quelque bonne
opinion que j'euffe en fecret de moi-
même, je ne me trouvois jamais digne
d'être aimé: je fuis même certain que
quand je les aurois mieux connues, je
n'en aurois pas été moins timide. Les
leçons

leçons & les exemples font peu de chofes pour un jeune homme, & ce n'eſt
jamais qu'à ſes dépens qu'il s'inſtruit.

Quel parti me reſtoit-il donc à prendre ? il n'étoit pas queſtion de conſulter
ma vertueuſe mère, reſtée veuve dans
un âge où il n'étoit pas d'engagement
qu'elle ne put former ; belle, jeune & ri-
che, ſa tendreſſe pour moi ne lui fit en-
viſager d'autre plaiſir que celui de m'éle-
ver, & de me tenir lieu de tout ce que
j'avois perdu, en perdant mon père. Ce
projet, je crois, ſeroit entré dans l'eſprit
de peu de femmes, & beaucoup moins
encore l'auroient ponctuellement exécu-
té. Mais ma mère, qui, à ce que l'on
m'a dit, n'avoit point été coquette dans
ſa jeuneſſe, & que je n'ai pas vû galante
ſur ſon retour, trouva moins de difficulté
que toute autre perſonne de ſon rang
n'auroit fait. La reconnoiſſance ne me
permet point de taire ſes ſoins précieux.

Parmi les jeunes gens que je voyois il
n'y en avoit pas un, qui eut plus d'expérience que moi, ou qui du moins eut
acquis celle qui auroit pû me ſervir. Je
fus ſix mois dans cet embarras, & j'y ſerois ſans doute reſté long-tems, ſi une

des Dames qui m'avoit plus vivement frappé, n'eut bien voulu se charger de mon éducation.

Chose rare! on me donna une éducation modeste. J'étois naturellement porté à m'estimer ce que je valois; & il est ordinaire, lorsqu'on pense ainsi, de s'estimer plus qu'on ne vaut. Si ma mère ne parvint pas à m'ôter l'orgueil, elle m'obligea du moins à le contraindre: par la suite je n'en ai pas été moins fat; mais sans les précautions qu'elle prit contre moi, je l'aurois été plutôt, & sans ressource.

LETTRE.

OUI, cher ami, ce n'est que pour vous que je viens d'ébaucher mes premieres mœurs. Je n'aime rien tant qu'à me faire voir, qu'à répandre pour ainsi dire, mon ame toute entiere, dans le sein d'un ami vertueux. Je ne saurois vous exprimer tout le plaisir que je trouve à me découvrir parfaitement à vous. Je serois le meilleur Catholique du monde, si je trouvois autant de satisfaction à me confesser à un Moine
qu'à

*qu'a vous. Vous aimez à voir mon cœur
tout à découvert, & je me plais à vous le
montrer dans ses égaremens mêmes. Si
mon esprit a souvent donné dans l'illusion,
si mon cœur a participé en quelque chose à
ses erreurs: au moins l'amour dc la vertu
qui fait les Citoyens, m'a toûjours trouvé
extrémement sensible: les sentimens d'hu-
manité, de bonté, de douceur, de vertu,
m'ont toûjours ravi; je les ai toûjours aimé avec plus de passion & d'entousiasme
qu'un Amant n'aime sa Maîtresse. Quand
il y auroit des noirceurs dans mon ame; oui,
cher ami, je vous les découvrirois, tant j'ai
de confiance en vous, tant je trouve de plaisir à vous obéir, tant je goûte vos motifs.
Comme à vous la cordialité, la sincérité, la
franchise, me plaisent infinimeut. Comme
vous je trouve que rien n'est si utile & si
beau que de se communiquer entre amis ses
sentimens les plus intimes. Ah! il y a
dans ces épanchemens de l'ame, dans ces
effusions de cœur des délices inconnus aux
ames vulgaires, c'est la route de la bonne
Philosophie; rien ne servant plus à la connoissance de l'homme que les mémoires de
nos mœurs secretes, que le récit de nos avantures, si on n'oublie pas les principes qui font
jouer toute la machine, & qui sont les res-
forts du cœur humain.*

Vous

Vous pouvez bien penser que je n'en reste-rai pas à une si foible ébauche. Je veux vous faire voir en ma personne l'homme tel qu'il est presque toûjours dans une extrême jeunesse, simple d'abord & sans art, & ne connoissant pas encore le monde où il est obli-gé de vivre, je veux vous le montrer plein de fausses idées, & paitri de ridicule, & qui est moins encore entraîné par lui-même, que par des personnes intéressées à lui cor-rompre l'esprit & le cœur. Ce seroit in-utilement qu'on chercheroit l'homme dans tous les désordres où le plongent les passions; l'amour seul préside ici, ou si de tems en tems quelqu'autre motif s'y joint, c'est pres-que toûjours lui qui le détermine.

L'EDUCATION GALANTE,

OU

LES STRATAGEMES

D'UNE AMANTE HABILE.

LA Comtesse de Sirly qui me voyoit presque tous les jours, ou chez elle, ou chez Madame de Pinole. Ma mère avec qui elle étoit extrêmement liée, prit soin de mon éducation, & se chargea de m'initier dans les amoureux mystères. L'attention qu'elle avoit de me dire sans cesse des choses obligeantes sur mon esprit & sur ma figure, sa familiarité avec moi, & l'habitude de la voir, m'avoient donné beaucoup d'amitié pour elle, & une sorte d'aisance où je ne me trouvois avec personne de son sexe. De ce premier sentiment, né d'un assez long commerce, j'en vins insensiblement à souhaiter de lui plaire; & comme elle étoit de toutes les

fem-

femmes celle que je voyois le plus, elle fut auſſi celle qui me toucha le plus con-tinuement. Ce n'étoit pas que je cruſſe trouver plus de facilité à être aimé d'elle que d'un autre. Loin de me flatter d'une ſi douce idée, le peu d'eſpoir d'y réuſſir m'avoit fait ſouvent porter mes vœux ailleurs; mais après deux jours d'infidélité je revenois à elle plus tendre & plus timide que jamais.

Malgré ſon attention à lui cacher ce qu'elle m'inſpiroit, elle m'avoit pénétré. Mon reſpect pour elle, & qui ſembloit s'accroître de jour en jour ; mon embarras en lui parlant, embarras différent de celui qu'elle m'avoit vû dans mon enfance; des régards même plus marqués que je ne les croyois; mon ſoin toûjours preſſant de lui plaire, mes fréquentes viſites; & plus que tout, peut-être l'envie qu'elle avoit elle même de m'engager, lui firent penſer que je l'aimois en ſécret; mais dans la ſituation où elle étoit alors, il ne lui convenoit pas de bruſquer mon cœur & de s'engager ſans précaution dans une affaire qui pouvoit être équivoque.

Dans

Dans quelques converſations que nous avions euës enſemble ſur l'amour, elle s'étoit inſtruite de mon caractère, & des raiſons qui pouvoient me faire redouter l'aveu d'une paſſion que j'aurois conçûe. Elle crut qu'il lui étoir important pour m'acquérir, & même me fixer, de me diſſimuler, le plus qu'il lui ſéroit poſſible ſon amour pour moi; que plus j'étois accoûtumé à la reſpecter, plus je ſérois frappé d'une démarche précipitée de ſa part. Elle ſavoit d'ailleurs, qu'avec quelqu'ardeur que les hommes pourſuivent la victoire, ils aiment toûjours à l'acheter, & que les femmes qui croyent ne pouvoir ſe rendre aſſés promptement ſe repentent ſouvent de s'être trop tôt laiſſé vaincre.

J'ignorois entre beaucoup d'autres choſes, que le ſentiment ne fût dans le monde qu'un ſujet de converſation; & j'entendois les femmes en parler avec un air ſi vrai, elles en faiſoient des diſtinctions ſi délicates, mépriſoient avec tant de hauteur celles qui s'en écartoient, que je ne pouvois m'imaginer qu'en le connoiſſant ſi bien, elles en fiſſent ſi peu d'uſage.

Ma-

Madame de Sirly fur-tout, qui, à force de tacher d'oublier fes fatales avantures, croyoit en avoir détruit par-tout le
fouvenir, en avouant qu'à vûe de pays,
elle fe croyoit capable d'aimer, faifoit de
fon cœur une conquête fi difficile, vouloit tant de qualités dans l'objet qui pourroit la rendre fenfible, parloit d'une façon d'aimer fi finguliere, que je frémif-
fois toutes les fois qu'il me revenoit dans
l'idée de m'attacher à elle.

Cette Dame fi délicate, contente cependant de la façon dont je penfois fur
fon compte, jugea qu'il étoit tems de me
donner de l'efpérance, & de me faire
penfer, mais par les agaceries les plus
décentes, que j'étois le mortel fortuné
que fon cœur avoit choifi. Des propos
obligeans que jufqu'alors elle m'avoit te-
nus, elle paffa à des difcours plus parti-
culiers & plus marqués. Elle me ré-
gardoit tendrement, & m'exhortoit, lorfque nous étions feuls, à me contraindre
moins avec elle. Par cette conduite elle
avoit réuffi à me donner beaucoup d'a-
mour, & en avoit tant pris elle-même,
qu'alors fans doute elle auroit voulu m'a-
voir infpiré moins de refpect.

Sa situation étoit devenue par ses soins aussi embarassante que la mienne. Il s'agissoit de me mettre au dessus de la défiance qu'elle m'avoit donnée de moi-même, & de la trop bonne opinion qu'elle m'avoit fait prendre d'elle ; deux choses extrêmement difficiles, & qu'il falloit ménager avec toute la finesse possible. Elle ne voyoit point d'apparence que j'osasse lui déclarer que je l'aimois ; & loin qu'elle dût prendre sur elle de se découvrir, elle étoit forcée de paroître recevoir avec sévérité l'aveu que je lui ferois, si encore elle étoit assez heureuse pour m'amener jusques là.

Avec un homme expérimenté, un mot dont le sens même peut se détourner, un régard, un geste, moins encore, le met au fait, s'il veut être aimé ; & supposé qu'il se soit arrangé différemment de ce qu'on souhaiteroit, on n'a hazardé que des choses si équivoques & de si peu de conséquence, qu'elles se désavouent sur le champ.

Loin que j'offrisse tant de commodité à Madame de Sirly, elle avoit éprouvé plus d'une fois que ma stupidité sembloit augmenter par-tout ce qu'elle faisoit pour me défiller les yeux : & elle ne croyoit pas pouvoir m'en dire plus, fans courir rifque de m'effrayer, & même de me perdre. Nous foupirions tous deux en fecret; & quoique d'accord, nous n'en étions pas plus heureux. Il y avoit au moins deux mois que nous étions dans ce ridicule état, lorfque Madame de Sirly impatientée de fon tourment, & de la vénération profonde que j'avois pour elle, réfolut de fe délivrer de l'un en me guériffant de l'autre.

Une converfation adroitement maniée amene fouvent les chofes qu'on a le plus de peine à dire, le défordre qui y regne, aide à s'expliquer; en parlant on change d'objet, & tant de fois, qu'à la fin celui qui occupe, s'y trouve naturellement placé. Dans le monde fur-tout on fe plaît a parler d'amour, parce que ce fujet, déjà intéreffant de lui-même, fe trouve fouvent lié avec la médifance, & qu'il en fait prefque toûjours le fond. J'étois fur les matieres de fentiment d'une extrême avidité; & foit pour m'inftruire, foit pour avoir le plaifir de parler de la fituation de mon cœur, je ne me trouvois gueres en compagnie, que je ne fiffe tomber le difcours fur l'amour & fur fes effets. Cet-

Cette difposition étoit favorable à Madame de Sirly, & elle réfolut de s'en fervir.

Un jour qu'il y avoit beaucoup de monde chez Madame de Pinole, & qu'elle & moi avions refufé de jouer, nous nous trouvâmes affis l'un auprès de l'autre. Cette efpéce de tête à tête me fit friffonner, quoique fouvent je le fouhaitaffe, lorfque j'étois éloigné d'elle, je ne voyois plus d'obftacles qui s'oppofaffent au deffein que je formois de lui déclarer ma paffion; & je n'étois jamais à portée de le faire, que je ne tremblaffe de l'idée que j'en avois eue. Quoique je ne fuffe pas feul avec elle, je n'en fus pas plus raffuré. L'endroit du falon que nous occupions étoit défert, tout le monde étoit occupé, point de tiers par conféquent à portée de me fecourir. Ces cruelles confidérations acheverent de me jetter du trouble dans l'efprit. Je fus un quart d'heure auprès de Madame de Sirly, fans lui rien dire: elle imitoit ma taciturnité; & quelque défir qu'elle eut de me parler, elle ne favoit comment rompre le filence.

Cependant, une Comédie qu'on jouoit alors, & avec fuccès, lui en fournit l'occafion. Elle me demanda fi je l'avois vue.

 Je

Je lui répondis qu'oui. L'intrigue, dit-
elle, ne m'en paroit pas neuve, mais
j'en aime affez les détails : elle eft no-
blement écrite, & les fentimens y font
bien développés : n'en penfez-vous pas
comme moi? Je ne me pique pas d'être
connoiffeur, répondis-je : en général,
elle m'a plû ; mais j'aurois peine à bien
parler de fes beautés & de fes défauts.
Sans avoir du théatre une connoiffance
parfaite, on peut, réprit-elle, décider
fur certaines parties; le fentiment, par
exemple, en eft une fur laquelle on ne fe
trompe point : ce n'eft pas l'efprit qui ju-
ge, c'eft le cœur; & les chofes intéref-
fantes remuent également les gens bor-
nés, & ceux qui ont le plus de lumieres.
J'ai trouvé dans cette piéce des endroits
touchés avec art: il y a fur-tout une déclaration d'amour, qui à mon fens eft
extrêmement délicate, & c'eft un des mor-
ceaux que j'en eftime le plus. Il m'a frappé comme vous, répondis-je, & j'en fais
d'autant plus gré à l'auteur, que je crois
cette fituation difficile à bien manier. Ce
ne feroit pas par là que je l'eftimerois,
reprit-elle: dire qu'on aime, eft une chofe qu'on fait tous les jours, & fort aifément; & fi cette fituation a de quoi plaire, c'eft moins par fon propre fonds, que

par

par la façon neuve dont elle eſt traitée.
Je ne ſerois pas entierement de votre avis,
Madame, répondis-je, & je ne crois pas
qu'il ſoit facile de dire qu'on aime. Je
ſuis perſuadée, dit-elle, que cet aveu
coûte à une femme : mille raiſons que
l'amour ne peut abſolument détruire, doi-
vent le lui rendre pénible, car vous n'i-
maginez pas ſans doute, qu'un homme
riſque quelque choſe à le faire. Pardon-
nez-moi, Madame, lui dis-je; c'étoit pré-
ciſément ce que je penſois. Je ne trouve
rien de plus humiliant pour un homme,
que de dire qu'il aime. C'eſt dommage
aſſurement, réprit-elle, que cette idée
ſoit ridicule, par ſa nouveauté peut-être
feroit-elle fortune. Quoi ! il eſt humiliant pour un homme de dire qu'il aime !
oui, ſans doute, dis-je, quand il n'eſt pas
ſûr d'être aimé. Et comment, réprit-elle, voulez-vous qu'il fache s'il eſt aimé.
L'aveu qu'il fait de ſa tendreſſe, peut-il
autoriſer une femme à y répondre. Pen-
ſez-vous dans quelque déſordre qu'elle
ſentît ſon cœur, qu'il lui convint de parler la premiere, de s'expoſer par cette
démarche à ſe rendre moins chère à vos
yeux, & à être l'objet d'un refus ? Bien
peu de femmes, répondis-je, auroient à
craindre, ſi elles ſe mettoient dans le cas

de vous dévancer ; & vous cefferiez de
fentir du goût pour celle qui vous en auroit infpiré le plus, dans l'inftant qu'elle
vous offriroit une conquête aifée. Cela
n'eft pas raifonnable, dis-je, & l'on doit
à ce qu'il me femble, plus de réconnoif-
fance à quelqu'un qui vous épargne des
tourmens. Sans doute, interrompit-elle ;
mais vous penfez mal pour votre intérêt,
& pour le notre. Vous-même, qui vous
récriez actuellement contre l'injuftice des
hommes, vous agiriez comme eux, fi
une femme prévenoit vos foupirs; ah !
que je lui en ferois obligé, m'écriai-je,
& que le plaifir d'être prévenu augmen-
téroit mon amour ! Pour que ce plaifir
foit fi vif pour vous, il faut, dit-elle,
que vous vous foyez fait une terrible idée
d'une déclaration d'amour ! mais qu'y
voyez-vous donc de fi effrayant? la
crainte de n'etre point écouté ? cela peut
ne pas arriver: la honte d'être forcé de
dire qu'on aime? elle n'eft pas raifonnable. Eh! comptés-vous pour rien, Madame, répris-je, l'embarras de le dire,
fur tout pour moi qui fens que je le dirois mal? Les déclarations les plus élégan-
tes ne font pas toûjours, répondit-elle,
les mieux reçues. On s'amufe de l'efprit
d'un amant, mais ce n'eft pas lui qui per-
fuade:

fuade: fon trouble, la difficulté qu'il trouve à s'exprimer, le défordre de fes discours ; voilà ce qui le rend à craindre. Mais, Madame, lui demandai - je, cette preuve qui en effet me paroît inconteftable, perfuade-t-elle toûjours? Non, répondit-elle : ce défordre dont je vous parlois, vient quelquefois de ce qu'un homme eft plus ftupide, qu'amoureux; & pour lors on ne lui en tient pas compte : d'ailleurs, les hommes font affez artificieux pour feindre du trouble & de la paffion, pendant qu'ils font à peine animés par le défir ; & fouvent on ne les en croit pas. Il peut arriver auffi, que celui à qui vous infpirez de l'amour, n'eft point celui pour qui vous en voudriez prendre, & tout ce qu'il vous dit, ne vous touche pas. Vous voyez donc, Madame, lui répondis-je, que je n'ai pas tort d'imaginer que ce refus eft cruel; & je ne fais fi je ne préférerois point mon incertitude à une explication qui m'apprendroit qu'on ne me trouve point aimable. Vous êtes le feul qui trouvez cela fi incommode, reprit-elle; & pour vous - même, vous ne raifonnez pas jufte. Il eft plus avantageux, même plus raifonnable de parler, que de s'obftiner à fe taire. Vous rifquez de perdre par le filence le plaifir de vous

voir aimé ; & si l'on ne peut vous répondre comme vous le voudriez, vous vous
guériffez d'une paffion inutile qui ne feroit jamais que votre malheur. Mais,
ajoûta-t-elle, je remarque que depuis
long-tems vous me parlez fur ce fujet ; &
fi je ne me trompe, une déclaration ne
vous paroît embaraffante, que par ce que
vous en avez une à faire. Madame de
Sirly, en faifant cette obligeante réflexion, me regarda fixement, & d'un air
fi animé qu'il acheva de me décontencer.

Votre filence & votre embarras, continua-t-elle, m'apprennent que j'ai deviné jufte ; mais je ne prétends me fervir
du fecret que je vous ai furpris, que pour
vous tirer d'erreur, & vous être utile, fi
je puis. Je veux d'abord que vous me
difiez quel eft votre choix : jeune & fans
expérience comme vous êtes ; peut-être
l'avez-vous fait trop légerement. S'il
n'eft pas digne de vous, je vous plains ;
mais ce n'eft pas encore affez. Mes confeils peuvent vous aider à détruire une
paffion, ou pour mieux dire une fantai-
fie, qui felon ce que je vois, n'a pas encore été nourrie par l'efpérance, & dont
par conféquent je vous montrerois le ridicule plus aifément : fi au contraire votre

tre choix est tel que l'honneur ni la raison ne puissent en murmurer, loin d'arracher de votre cœur l'objet que vous y avez placé, je pourrai vous apprendre à lui plaire, & moi-même vous avertir de vos progrès. Cette proposition de Madame de Sirly me surprit : quoique ses façons n'eussent rien de sévere, que même ses yeux me parlassent le langage le plus doux, je ne me sentis pas la force de lui répondre, mes regards étoient sur elle sans oser s'y fixer ; je craignois qu'elle ne s'apperçût de mon trouble, & je ne rompis le silence, que par un soupir que je tachai vainement de lui dérober.

Mais que vous êtes jeune ! me dit-elle, avec un air de bonté : je ne puis plus douter que vous n'aimiez ; votre silence ajoûte encore à votre tourment. Que savez-vous ? peut-être êtes vous plus aimé que vous n'aimez vous même, ne seroit-ce donc rien pour vous que le plaisir de vous l'entendre dire. En un mot, je le veux ; mon amitié pour vous m'oblige de prendre ce ton, dites-moi qui vous aimez ? Ah ! Madame, répondis-je en tremblant, je serois bien-tôt puni de l'avoir dit.

Dans

Dans la situation préfente, ce difcours n'étoit point équivoque; auffi Madame de Sirly l'entendit-elle : mais ce n'étoit pas encore affez; & elle feignit de ne m'avoir pas compris.

Que prétendez-vous dire? réprit-elle, en radouciffant fa voix, vous feriez bientôt puni de l'avoir dit? croyez-vous que je fuffe indifcrete? Non, répliquai-je, ce ne féroit pas ce que je craindrois; mais, Madame, fi c'étoit une perfonne telle que vous que j'aimâffe, à quoi me ferviroit-il de le lui dire? A rien, peut-être, dit-elle, en rougiffant. Je n'ai donc pas de tort, répris-je, de m'opiniâtrer au filence. Peut-être auffi réuffiriez-vous. Une perfonne de mon caractère peut, continua-t-elle, devenir fenfible, & même plus qu'une autre. Non, vous ne m'aimeriez pas, m'écriai-je. Nous nous éloignons, dit-elle; & je ne vois pas pourquoi il eft queftion de moi dans tout ceci. Pour éluder ce que je vous demande avec plus d'adreffe que je ne vous en croyois; mais pour fuivre ce propos, puis qu'enfin il eft jetté, que vous importeroit que je ne vous aimâffe pas? On ne doit fouhaiter de l'amour, qu'à quelqu'un pour qui l'on en a pris, & je ne

vous

vous foupçonne point du tout d'être avec moi dans ce cas là ; du moins , je ne le voudrois pas.   Je voudrois bien auſſi, Madame, répondis - je, que cela ne fût pas ; & je fens à la peur étrange que vous en avez, combien vous me rendriez malheureux.   Non, ce n'eſt pas que j'en aie peur ; craindre de vous voir amoureux, feroit avouer à demi que vous pourriez me rendre fenfible : l'amant qu'on redoute le plus, eſt toûjours celui que l'on eſt plus près d'aimer ; & je ferois bien fâchée que vous me cruſſiez auſſi craintive que vous.   Ce n'eſt pas non plus ce dont je me flate, répondis-je.   Mais enfin, fi je vous aimois, que feriez-vous donc ? je ne crois pas, réprit elle, que fur une fuppoſition vous ayez attendu une réponſe poſitive. Oferois - je donc, Madame, vous dire que je ne vous fuppofe rien.

A cette déclaration fi précife de l'état de mon cœur, Madame de Sirly foupira, tourna languiſſamment les yeux fur moi, les y fixa quelque tems, les baiſſa fur fon éventail & fe tut.

Pendant ce filence mon cœur étoit agité de mille mouvemens.   L'effort que j'avois fait fur moi, m'avoit prefqu'accablé,

blé, & la crainte de ne pas recevoir une réponse favorable, m'empêchoit de la presser. Cependant, j'avois parlé, & je ne voulois pas en perdre le fruit. N'avez-vous plus rien à me conseiller, Madame? lui dis-je, à demi mort de peur; ne me direz-vous pas ce que je dois attendre de mon choix. Serez-vous assez cruelle, après toutes les bontés que vous m'avez marquées, pour me réfuser votre secours dans la chose la plus importante de ma vie?

Si vous ne me demandez qu'un conseil, répartit-elle, je puis vous le donner; mais si ce que vous venez de me dire, est vrai; peut-être ne vous satisfera-t-il pas. Doutez-vous, répris-je, de ma sincérité? Pour vous-même, répondit-elle, je le voudrois: plus vos sentimens feront vrais, plus ils vous rendront malheureux; car enfin, vous devez sentir que je ne puis pas y répondre, vous êtes jeune, & ce qui pour beaucoup d'autres femmes, ne seroit en vous qu'une qualité de plus, sera pour moi une raison perpétuelle, quand vous m'inspireriez le gout le plus vif, de n'y céder jamais. Ou vous ne m'aimeriez pas assez, ou vous m'aimeriez trop; l'un & l'aul'autre feroient également funeftes pour moi. Dans la premiere de ces fituations, j'aurois à effuyer vos bizarreries, vos caprices, vos hauteurs, vos infidélités, tous les tourmens enfin qu'un amour malheureux traîne à fa fuite; & dans l'autre, je vous verrois vous livrer trop à votre ardeur, & fans ménagement, fans conduite, me perdre par votre amour même. Une paffion eft toûjours un malheur pour une femme; mais pour moi ce feroit un ridicule, & je ne me confolerois jamais de me l'être attiré. Penfez-vous, Madame, répondis-je, que je ne priffe pas tous les foins.... Je vous entends, interrompit - elle : je fais que vous allez me promettre toute la circonfpection poffible : je fuis même certaine que vous vous en croyez capable; mais moins vous êtes accoutumé à aimer, moins vous aimeriez d'une façon convenable. Jamais vous ne fauriez contraindre, ni vos yeux, ni vos difcours; ou par votre contrainte même trop avant pouffée, & jamais ménagée avec art, vous feriez connoître tout ce que vous voudriez cacher. Ainfi, ce que je vous confeille, c'eft de ne plus penfer à moi. Je fens avec douleur que vous allez me haïr; mais je me flate que ce ne fera pas pour

long-

long - tems, & qu'un jour vous me saurez gré de ma franchife. Ne voulez-vous pas refter mon ami ? ajoûta-t-elle, en me tendant la main. Ah ! Madame, lui dis-je, vous me défefperez : jamais on n'a aimé avec plus d'ardeur ; il n'eft rien que je ne fiffe pour vous plaire, point d'épreuves aufquelles je ne me foumiffe. Vous ne prévoyez tant de malheurs, que parce que vous ne m'aimez pas. Mais, non, dit-elle, n'allez pas croire cela ; je vous dirai plus, car vous me trouverez toûjours fincère : vous moins jeune, moi moins raifonnable, je fens que je vous aimerois beaucoup : au refte, ne m'en demandez pas d'avantage. Dans l'état tranquille où je fuis, je ne fais ce qu'eft mon cœur ; le tems feul peut en décider, & peut-être après tout qu'il ne décidera de rien. Madame de Sirly, après ces paroles, me quitta brufquement, & fe rapprochant de la compagnie, m'ôta l'efpérance de continuer l'entretien. J'avois fi peu d'ufage du monde, que je crus l'avoir fâchée véritablement. Je ne favois pas qu'une femme fuit rarement une converfation amoureufe avec quelqu'un qu'elle veut engager ; & que celle qui a le plus d'envie de fe rendre, montre du moins dans le premier en-

entretien quelque forte de vertu. On ne
pouvoit pas réfister plus mollement qu'elle venoit de faire; cependant je crus que
je ne la vaincrois jamais. Je me repen-
tis de lui avoir parlé, je lui voulus mal de
m'y avoir engagé, je la haïs quelques
inftans: je formai même le projet de ne
lui plus parler de mon amour, & d'agir
avec elle fi froidement, qu'elle ne pût
plus me foupçonner d'en avoir.

Pendant que je me faifois ces défagréa-
bles idées, Madame de Sirly fe félicitoit
d'avoir affez pris fur elle pour me diffi-
muler, combien elle étoit contente: une
joie douce éclatoit dans fes yeux; tout,
à quelqu'un plus inftruit que moi, lui auroit appris, combien il étoit aimé; mais
tous les regards tendres qu'elle m'adreffoit, fes fouris, me paroiffoient de nouvelles infultes, & je me confirmois toûjours dans ma derniere réfolution.

J'étois toûjours refté à la même place;
elle revint m'y chercher, & m'excita à
parler fur différens fujets; l'air fombre
avec lequel je lui répondois, & le foin
que je prenois d'éviter fes yeux, furent
pour elle une affurance de plus que je ne
l'avois point trompée; mais quelque chofe

se qu'elle en pût croire, elle vouloit établir son empire, & tourmenter mon cœur avant de le rendre heureux.

Toute la soirée se passa de sa part avec les mêmes attentions pour moi : elle sembloit avoir oublié ce que je lui avois dit ; & cet air détaché qu'elle affectoit, me plongeoit encore dans un plus violent chagrin. En me quittant, elle me railla sur ma tristesse ; & quoiqu'elle le fit sans aigreur, je m'offensai sérieusement.

Le commencement de cette avanture plaisoit autant à Madame de Sirly, qu'il me causoit de peine. En s'attachant à un homme de mon âge, elle décidoit le sien : mais ce n'étoit rien pour elle, qu'un ridicule de plus ; & ce ne lui étoit pas peu de chose, qu'un amant qui sur tout n'avoit encore appartenu à personne ; elle n'étoit pas vieille encore, mais elle sentoit qu'elle alloit vieillir ; & pour des femmes dans cette situation, il n'est point de conquêtes à mépriser.

Eh ! quoi de plus flateur pour elles que la tendresse d'un jeune homme dont les transports leur rendent leurs premiers plaisirs, & justifient l'estime qu'elles font en encore de leurs charmes ; qui croit que la perfonne qui reçoit fes vœux, étoit en effet la feule qui pût ne pas le méprifer ; qui ajoute la reconnoiffance à la paffion, tremble au moindre caprice, & ne voit pas les défauts les plus choquans de figure & de caractère, foit parce qu'il eft privé de la reffource de la comparaifon, foit parce que fon amour propre perdroit à moins eftimer fes conquêtes. Avec un homme déjà formé, une femme telle qu'elle puiffe être, a toûjours moins de reffources : il a plus de défirs que de paffion, plus de coquetterie que de fentiment, plus de fineffe que de naturel, trop d'expérience pour être crédule, trop d'occafions de diffipation & d'inconftance pour être uniquement & vivement attaché : il fait en un mot l'amour avec plus de décence ; il aime moins.

Quelques défauts que Madame de Sirly trouvât dans la façon d'aimer d'un jeune homme, il s'en falloit beaucoup qu'elle fût auffi effrayée qu'elle me l'avoit dit. Quand en effet les inconvéniens qu'elle craignoit, auroient été réels, elle ne m'en auroit pas moins aimé ; & fi j'avois eu affez d'adreffe pour lui faire craindre mon changement ; il n'eft pas douteux

C

que

que son respect excessif pour les bienséances n'eut cédé à la crainte de me perdre.

Ce n'est pas, du moins, j'ai lieu de le croire, qu'elle voulût rétarder long-tems l'aveu de sa foiblesse ; huit jours pour cet article seulement suffisoient à sa vertu ; d'autant plus qu'elle étoit persuadée, que mon peu d'expérience ne me laisseroit profiter de ses bontés que quand elle le jugeroit à propos. L'amour qu'elle avoit pour moi l'engageoit à ce manège : elle vouloit, s'il étoit possible, que ma tendresse pour elle ne fût pas une affaire de peu de jours ; & moins aimé, j'aurois trouvé moins de résistance. Son cœur étoit alors tendre & délicat : selon ce que dans la suite j'en ai appris, il ne l'avoit pas toûjours été ; & sans être prise d'une ardeur bien sincère, il ne me paroîtroit pas surprenant qu'elle eut changé de systeme.

Tout ce que j'avois fait dans cette journée me fournissoit des sujets de réflexion pour ma nuit : je l'employai presque toute entière, tantôt à rêver aux moyens de rendre Madame de Suly sensible, tantôt à m'encourager à ne plus penser à elle. Sans doute elle se fit des idées plus gaies : elle comptoit me voir tendre, soumis,

em-

emprefſé, chercher à vaincre ſa rigueur, il étoit naturel qu'elle s'y attendît, mais elle avoit à faire à quelqu'un qui ne connoiſſoit pas les uſages.

J'allai cependant chez elle le lendemain, mais tard, & à l'heure où je ſavois qu'elle n'y ſeroit pas, ou que j'y trouverois beaucoup de monde. Elle avoit apparemment compté plutôt ſur ma préſence, & elle me reçut d'un air froid & piqué. Loin que j'en pénetraſſe la cauſe, je l'attribuai à ſon indifférence pour moi.

J'avois changé de couleur en la voyant; mais toûjours réſolu à lui cacher l'état de mon cœur, je me remis aſſez facilement, & pris un air moins embarraſſé : j'eus même aſſez de pouvoir ſur moi, pour lui parler ſans ce trouble qui agite près de ce qu'on aime; mais quelque froideur que je tachaſſe d'affecter, elle n'en fut pas long-tems la dupe; & pour s'éclaircir, elle n'eut béſoin que de me régarder fixement. Je ne pus ſupporter ſes yeux; ce ſeul regard lui développa tout mon cœur. Elle me propoſa de jouer, & pendant qu'on arrangeoit les cartes : vous êtes, me dit-elle en ſouriant, un amant ſingulier, & ſi vous voulez que je jugé

 de

de votre amour par vos empreſſemens, vous ne prétendez pas ſans doute que j'en prenne bonne opinion. L'unique de tous mes vœux, repris-je, ſeroit que vous crûſſiez que je vous aime ; & ce n'eſt pas vous en donner mauvaiſe preuve que de m'offrir à vos yeux le plus tard qu'il m'eſt poſſible. Cette politique eſt ſinguliere, reprit-elle ; & ſi quelquefois vous péchez par jugement, on peut dire que l'imagination vous en dédommage. Mais qu'avez-vous donc ? pourquoi cet air froid dont vous m'accablés ? ſavez-vous bien que votre taciturnité me fait peur ? mais à propos, m'aimez-vous toûjours bien ? je crois que non. Ce pauvre de Pinoles ! (c'étoit mon nom) N'allez pas au moins changer pour moi : vous me mettriez au déſeſpoir. Je penſe à la mine que vous me faites, que vous n'en croyez rien : nous devrions cependant être aſſez joliment enſemble. En eſt-ce aſſez, Madame, répondis-je ; & devriez-vous ajoûter à la façon dont vous récevez mes ſoins, des diſcours qui me tuent ? Oui, réprit-elle, en me regardant le plus tendrement du monde, oui, Pinoles, vous avez raiſon de vous plaindre, je ne vous traite pas bien ; mais ce reſte de fierté doit-il vous déplaire ? ne voyez-vous
pas,

pas, combien il m'en coûte pour le prendre? ah! si je m'en croyois, combien ne vous dirois-je pas que je vous aime? que je suis fâchée de n'avoir pas sçu plutôt que vous vouliez qu'on vous prévint! au hazard de tout ce qui en auroit pu arriver, vous ne m'auriez point parlé le premier; vous n'auriez fait que me répondre.

J'ai depuis senti toute l'adresse de Madame de Sirly, & le plaisir que lui donnoit mon ignorance : tous ces discours qu'elle n'auroit pu tenir à un autre, sans qu'ils eussent tiré pour elle à une extrême conséquence, ces aveux qu'elle faisoit de ses vrais sentimens, loin de les comprendre, me jetterent dans le plus cruel embarras. Je ne lui répondis rien; & sur ce qu'elle me faisoit les plus sanglantes railleries, je me determinai à rompre d'aussi cruelles chaînes. En vérité, continua-t-elle, en voyant mon air sombre, si vous réfusez plus long-tems de me croire, je ne vous réponds pas que je ne vous donne demain un rendez-vous : n'en feriez-vous pas bien embarrassé? Au nom de vous-même, Madame, lui dis-je, épargnez-moi : l'état où vous me mettez, est affreux . . . . . Je ne vous dirai

donc

donc plus que je vous aime, interrompit-elle : vous me privez cependant d'un grand plaiſir.

Je me tins trop heureux, que le monde qui étoit dans l'appartement l'empêchàt de pouſſer plus loin cette converſation. Nous nous mîmes au jeu. Pendant toute la partie, Madame de Sirly, plus ſenſible qu'elle ne le croyoit ſans doute, emportée par ſon amour, m'en donna toutes les marques les plus fortes. Il ſembloit que ſa prudence l'abandonnoit, qu'il n'y eut plus rien pour elle que le plaiſir de m'aimer & de me le dire, & qu'elle prévît, combien pour m'attacher à elle, j'avois beſoin d'être raſſuré ; mais tout ce qu'elle faiſoit, n'étoit rien pour moi, & elle ne pouvoit encore ſe réſoudre à m'avouer ſérieuſement, qu'elle répondoit à mes déſirs. Peu ſûre même dans ſes démarches, c'étoit un mélange perpétuel de tendreſſe & de ſévérité. Elle paroiſſoit ne céder que pour s'opiniâtrer à combattre. Si elle croyoit m'avoir diſpoſé par ſes diſcours à quelque ſorte d'eſpérance, attentive à me la faire perdre, elle reprenoit ſur le champ cet air qui m'avoit fait trembler tant de fois, & m'ôm'ôtoit par là jufqu'à la trifte reffource de l'incertitude.

Toute la foirée fe paffa dans ce manege; & comme fon dernier caprice ne me fut pas favorable, je me retirai chez moi, perfuadé que j'étois haï, & préparé à me chercher un autre engagement. J'employai prefque toute la nuit à repaffer dans mon efprit les femmes aufquelles je pouvois m'attacher : ce foin me fut inutile, & je trouvai après la plus exacte recherche qu'aucune ne me plaifoit autant que Madame de Sirly. Moins j'avois l'ufage de l'amour, plus je m'en croyois pénétré, & je me regardois comme deftiné au rigoureux tourment d'aimer fans efpoir de plaire, ni de pouvoir jamais changer. A force de me perfuader que j'étois l'homme du monde le plus amoureux, je fentois tous les mouvemens d'une paffion avec autant de violence, que fi en effet je les éprouvois; toutes les réfolutions que j'avois formées de ne plus voir Madame de Sirly, s'étoient évanouies, & avoient fait place au retour le plus vif. De quoi puis-je me plaindre, difois-je à moi-même? fes rigueurs ont-elles droit de me furprendre? m'étois-je attendu à me trouver aimé; & n'eft-ce point à mes foins

à me

à me procurer cet avantage ? quel bonheur pour moi, si je puis un jour la rendre sensible ; plus elle m'oppose d'obstacles, plus ma gloire sera grande. Un cœur comme le sien, peut-il trop s'acheter ? je finis par cette idée, & je la trouvai le lendemain. Il sembloit qu'elle se fut accrue par les illusions de la nuit.

J'allai chez Madame de Sirly le plutôt qu'il me fut possible, l'après-dîné & déterminé à lui jurer que je l'adorois, & à me soumettre à tout ce qu'il lui plairoit d'ordonner de mon sort. Malheureusement pour elle, je ne la trouvai pas: mon chagrin fut extrême; & ne sachant que devenir, j'allai, en attendant l'heure de l'opéra, faire quelques visites où je portai tout l'ennui qui m'accabloit.

J'étois de si mauvaise humeur en arrivant à l'opéra, où d'ailleurs je trouvai assez peu de monde: pour n'etre pas distrait de la rêverie dans laquelle j'étois plongé, je me fis ouvrir une loge, plutôt que de me mettre dans les balcons où je n'aurois pas été si tranquille. J'attendois sans impatience & sans désirs que le spectacle commençât. Tout entier à Madame de Sirly, je ne m'occupois à la fin

que

que du chagrin d'être privé de fa préfence, lorfqu'une loge s'ouvrit à côté de
la mienne. Curieux de voir les perfon-
nes qui l'alloient occuper, j'y portai mes
regards; & l'objet qui s'y offrit, les fixa.
Qu'on fe figure tout ce que la beauté la
plus réguliere a de plus noble, tout ce
que les graces ont de plus féduifant, en
un mot, tout ce que la jeuneffe peut répandre de fraîcheur & d'éclat, à peine
pourra-t-on fe faire une idée de la perfonne que je voudrois dépeindre. Je ne
fais quel mouvement fingulier & fubit
m'agita à cette vûe: frappé de tant de
beautés, je demeurai comme anéanti, ma
furprife alloit jufqu'au tranfport. Je fentis dans mon cœur un défordre qui fe répandit fur tous mes fens: loin qu'il fe
calmât, il redoubloit par l'xamen fecret
que je faifois de fes charmes. Elle étoit
mife fimplement mais avec nobleffe. Elle
n'avoit pas en effet befoin de parure; en
étoit-il de fi brillante qu'elle ne l'eut em-
bellie? Sa phyfionomie étoit douce &
réfervée: le fentiment & l'efprit paroiffoient briller dans fes yeux. Cette perfonne me parut extrêmement jeune; &
je crus, à la furprife des fpectateurs, qu'
elle ne paroiffoit en public, que de ce
jour là: j'en eus involontairement un

 mou-

mouvement de joie, & j'aurois souhaîté qu'elle n'eut jamais été connue que de moi. Deux Dames mises du plus grand air, étoient avec elle : nouvelle surprise pour moi de ne les pas connoître ; mais elle m'arrêta peu. Uniquement occupé de ma belle inconnue, je ne cessois de la regarder, que quand par hazard elle jettoit les yeux sur quelqu'un ; mes yeux se portoient aussi-tôt sur l'objet qu'elle avoit paru chercher : si elle s'y arrêtoit un peu de tems, & que ce fût un jeune homme, je croyois qu'un amant seul pouvoit la rendre si attentive. Sans pénétrer le motif qui me faisoit agir, je conduisois, j'interprétois ses régards ; je cherchois à lire dans ses moindres mouvemens. Tant d'opiniâtreté à ne la pas perdre de vûe, me fit enfin remarquer d'elle ; elle me regarda à son tour : je la fixai sans le savoir ; & dans le charme qui m'entraînoit malgré moi-même, je ne fais ce que mes yeux lui dirent, mais elle détourna les siens en rougissant un peu. Quelque transporté que je fusse, je craignois de lui paroître trop hardi ; & sans croire encore que j'eusse formé le dessein de lui plaire, j'aimais mieux me contraindre que de lui donner mauvaise opinion de moi. Il y avoit une heure au moins que

je

je l'admirois, lorſqu'un de mes amis entra dans ma loge. Les idées qui m'occupoient, m'étoient déjà ſi chères, que ce fut avec douleur que je ſentis qu'elles alloient être diſtraites ; & je doute que j'euſſe répondu à mon ami, ſi ma belle inconnue n'eut fait d'abord le ſujet de la converſation. Il ignoroit comme moi qui elle étoit: nous formâmes enſemble pluſieurs conjectures, dont aucune ne nous éclaircit. C'étoit un de ces étourdis brillans, familiers avec inſolence; il vantoit ſi haut les charmes de l'inconnue, & la regardoit avec ſi peu de ménagement & tant de fatuité, que j'en rougis pour lui, & pour moi. Sans avoir démêlé mes ſentimens, ſans imaginer que j'euſſe de l'amour, je ne voulois pas déplaire: je craignis que le dégoût pour l'inconnue ne fut pas intéreſſée. J'avois naturellement l'eſprit badin, & porté à manier agréablement ces petits riens qui font briller dans le monde. L'envie que j'avois que mon inconnue ne perdît rien de tout ce qui pourroit me faire valoir, me donna plus d'élégance dans mes expreſſions; je n'en eus peut-être pas plus d'eſprit. Je remarquai cependant qu'elle étoit plus attachée à ce que je diſois,

qu'elqu'elle ne l'étoit au spectacle; quelquefois même je la vis sourire.

L'opéra étoit prêt de finir, lorsque le Marquis de Sauval, jeune homme d'une figure extrêmement aimable, & fort estimé, vint dans la loge de mon inconnue; nous étions amis, mais je ne sçais quel mouvement à sa vûe s'éleva dans mon ame. L'inconnue le reçut avec cette politesse libre que l'on a pour les gens que l'on connoît beaucoup, & à qui l'on veut marquer de l'estime. Nous nous saluâmes sans nous parler ; & quelque désir que j'eusse de connoître cet objet qui prenoit déjà tant sur mon cœur , persuadé que Sauval pourroit satisfaire ma curiosité là dessus, j'aimai mieux remporter ce désir, de quelque tourment qu'il fut pour moi, que de m'en ouvrir à un homme qui causoit déjà toute ma jalousie. Mon inconnue lui parloit; & quoiqu'ils ne s'entretinssent que de l'opéra, il me sembla qu'il lui parloit avec tendresse, & qu'elle lui répondoit de même: je crus même avoir surpris entr'eux des regards. J'en ressentis une peine mortelle. Elle me paroissoit si digne d'être aimée, que je ne pouvois penser que Sauval, ni qui que ce fut au monde, pût la voir avec in-
diffé-

différence; & lui-même me sembloit si redoutable, que je ne pouvois me flatter qu'il l'eût attaquée sans succès. ·

Le peu d'attention qu'elle fit à moi, après l'avoir vû, me confirma dans l'idée où j'étois qu'ils s'aimoient; & ne pouvant supporter d'avantage le tourment qu'elle me causoit, je sortis brusquement. Malgré mon dépit, je n'allai pas loin; le désir de la revoir, & l'espérance de m'éclaircir par moi-même de son rang, me retinrent sur l'escalier: un instant après elle passa; Sauval lui donnoit la main, je les suivis. Un carosse sans armes se présenta; Sauval y monta avec elle: je vis des domestiques sans livrée; & rien de tout cet équipage ne m'instruisit de ce que je voulois savoir. Il falloit donc attendre du hazard le bonheur de la revoir encore; la seule chose qui me consolàt, c'étoit qu'une beauté si parfaite ne pouvoit être long-tems ignorée. J'aurois pu, à la vérité, en allant voir Sauval le lendemain, me tirer de cette inquiétude; mais aussi comment lui exposer le sujet d'une curiosité si forte: quel motif lui en donner? malgré tous les déguisemens que j'aurois pu employer, ne devois-je pas craindre qu'il n'en découvrit la source?

ce? Et s'il étoit vrai comme je le soupçon-
nois, qu'il aimât l'inconnue, pourquoi
l'avertir de se précautionner contre mes
sentimens? Plein de trouble, je retour-
nai chez moi, d'autant plus persuadé que
j'étois vivement amoureux, que cette
passion naissoit dans mon cœur par un de
ces coups de surprise qui caractérisent
dans les Romans les grandes avantures.
Loin de combattre ce premier mouvement, ce fut une raison de plus pour m'y
laisser entraîner, que de commencer par
quelque chose d'extraordinaire.

Au milieu de ce désordre que je me
plaisois à augmenter, Madame de Sirly
me revint dans l'esprit; mais désagréa-
blement, & comme un objet dont le souvenir m'embarrassoit. Ce n'étoit pas que
je ne lui trouvàsse encore des charmes;
mais je les mettois dans mon imagination
fort au dessous de ceux de mon inconnue, & je résolus plus que jamais de ne
lui plus parler de mon amour, & de me
livrer tout entier au nouveau goût qui me
dominoit. Je suis trop heureux, me disois-je, qu'elle ne m'ait pas aimé; que
ferois-je à présent de sa tendresse? Il auroit donc fallu la tromper, entendre ses
reproches, la voir traverser ma passion;
mais

mais d'un autre côté , reprenois-je, fuis-
je aimé de l'objet qui va me rendre infidéle ? je ne la connois pas ; peut-être ne
la verrai-je plus. Sauval eſt amoureux,
& ſi moi-même je ſuis forcé de le trouver aimable, que ne doit-elle pas ſentir
pour lui ? eſt-il fait pour m'être ſacrifié ?
ces réflexions me ramenoient à Madame
de Sirly : une affaire commencée, la liberté de la voir, un reſte de goût que j'a-
vois pour elle, & l'eſpérance de réuſſir
étoient autant de raiſons pour ne la point
quitter ; mais ces raiſons étoient foibles
contre la nouvelle paſſion. Je craignois,
en arrivant chez ma mère, d'y trouver
Madame de Sirly , je redoutois ſa vûe
autant que dans le jour même je l'avois
ſouhaitée. La joie que j'eus de ne la pas
voir, ne fut pas longue ; elle arriva un
inſtant après moi. Sa préſence me trou-
bla. Quelque prévenu que je fuſſe alors
contre elle, quelque réſolution que j'euſſe priſe de ne la plus aimer, je ſentis qu'-
elle avoit plus de droits ſur mon cœur,
que je ne le croyois moi-même. Mon
inconnue m'occupoit d'une façon plus
flateuſe ; je la trouvois plus belle : ce qu'-
elles m'inſpiroient toutes deux, étoit différent ; mais enfin j'étois partagé , & ſi
Madame de Sirly l'eut voulu , dans ce
mo-

moment **même** elle auroit remporté la victoire. Je ne fais ce qui lui avoit donné de l'humeur ; mais elle reçut avec une hauteur ridicule un compliment fort simple que je lui fis. Dans la difposition où j'étois, elle me choqua plus qu'elle n'auroit fait dans un autre tems ; & qui pis eft, contre l'intention de Madame de Sirly, fans doute, ne me donna point à rêver. Son caprice dura toute la foirée, & s'augmenta peut-etre par le peu de foin que je lui rendis. Nous nous féparâmes également mécontens l'un de l'autre. Je ne la cherchai, ni ne la vis le lendemain : j'étois piqué de fes façons de la veille ; & fa préfence me fut d'autant moins néceffaire, que j'avois dans le cœur un fujet de diftraction. Toute la journée fe paffa à chercher mon inconnue ; fpectacles, promenades, je vifitai tout, & je ne trouvai en aucun lieu, ni elle ni Sauval, à qui je voulois enfin demander qui elle étoit. Je continuai cette inutile recherche deux jours de fuite ; mon inconnue ne m'en occupoit que plus. Je me retraçois fans ceffe fes charmes avec une volupté que je n'avois jamais éprouvée. Je ne doutois pas qu'elle ne fût d'une naiffance qui ne feroit point honte à la mienne ; & pour former cette idée, je m'en

rap-

rapportois moins à sa beauté, qu'à cet air de noblesse & d'éducation qui diftingue toûjours les femmes d'un certain rang, même dans leurs travers. Mais aimer fans favoir qui, me fembloit un fupplice infupportable. D'ailleurs, quel retour efpérer de mes fentimens, fi je ne me mettois pas à portée d'en inftruire celle qui les avoit fait naître. Je ne voyois point de difficulté à la voir, & à lui parler, quand une fois je la connoîtrois. J'étois d'un rang qui m'ouvroit une entrée par-tout; & fi l'inconnue étoit telle que mes vœux ne puffent l'honorer; j'étois fûr du moins qu'ils ne pourroient jamais lui faire honte. Cette penfée me donnoit de l'audace, & m'affermiffoit dans mon amour: il eut peut-être été plus prudent de le combattre; mais il m'étoit plus doux de le flatter.

Il y avoit trois jours que je n'avois vû Madame de Sirly: j'avois fupporté cette abfence aifément; non que quelquefois je ne défiraffe de la voir, mais c'étoit un defir paffager qui s'éteignit prefque dans l'inftant même qu'il naiffoit. Ce n'étoit pas un fentiment d'amour dont je ne fuffe point maître; & comme depuis mon inconnue, je la voyois fans plaifir, je la

D

per-

perdois auſſi ſans regret.   J'avois cependant pour elle ce goût que l'on nomme amour, que les hommes font valoir pour tel, & que les femmes prennent ſur le même pied.   Je n'aurois pas été fâché de la trouver ſenſible ; mais je ne voulois plus que ce retour qu'elle auroit pour moi, tint de la paſſion, ou qu'il en exigeât.   Sa conquête, à laquelle il y avoit ſi peu de tems que j'attachois mon bonheur, ne me paroiſſoit plus digne de me fixer.   J'aurois voulu d'elle enfin ce commerce commode, qu'on lie avec une coquette, aſſez vif pour amuſer quelques jours, & qui ſe rompt auſſi facilement qu'il s'eſt formé.   Encore attaché à elle par le deſir, tout rempli que j'étois d'une nouvelle paſſion, ou pour mieux dire, amoureux pour la premiere fois, le peu d'eſpoir de réuſſir auprès de mon inconnue, m'empêchoit de ſonger à perdre totalement Madame de Sirly.   Je cherchois en moi-même, comment je pourrois acquérir l'une & me conſerver l'autre : cette vertu rigide de la derniere me déſeſpéroit ; & ne croyant pas après avoir beaucoup rêvé, pouvoir l'amener jamais au but que je me propoſois, je me fixai enfin à l'objet qui me plaiſoit le plus.

Il y avoit, comme je l'ai dit, trois jours que je n'avois vû Madame de Sirly, & que je m'étois peu ennuyé de son absence : elle avoit toûjours espéré qu'elle me reverroit; mais sûre enfin que je l'évitois, elle commença à craindre de me perdre, & se détermina à me faire essuyer moins de rigueurs. Sur le peu que je lui avois dit, elle croyoit ma passion décidée : cependant je n'en parlois plus ; quel parti prendre ! le plus décent étoit d'attendre que l'amour qui ne peut long-tems se contraindre, sur-tout dans un cœur aussi neuf qu'étoit le mien, me forçât encore à rompre le silence; mais ce n'étoit pas le plus sûr. Il ne lui vint pas dans l'esprit que j'eusse renoncé à elle : elle pensa seulement que certain de n'être jamais aimé, je combattois un amour qui me rendoit malheureux, quoique cette disposition ne lui parut pas désavantageuse, il pouvoit cependant être dangereux de m'y laisser plus long-tems. On pourroit m'offrir d'ailleurs un dedommagement que le dépit me feroit peut-être accepter. Mais, comment me faire comprendre son amour, sans blesser cette décence à laquelle elle étoit si scrupuleusement attachée? elle avoit éprouvé que les discours équivoques ne prenoient pas sur moi, &

elle

elle ne pouvoit se résoudre, après l'idée qu'elle m'avoit fait d'elle, à me parler d'une façon qui ne me laissât plus aucun doute.

Indeterminée sur ce qu'elle avoit à faire, elle vint chez Madame de Pinoles. Je n'étois pas encore rentré ; & quand à mon arrivée, on me dit qu'elle y étoit, il s'en fallut peu que je ne m'en retournasse. Cependant la réflexion me fit sentir que ce procédé seroit trop désobligeant pour Madame de Sirly, & qu'elle pourroit d'ailleurs attribuer ma fuite & la crainte que je marquerois de la voir à un sentiment dont je ne voulois plus qu'elle me soupçonnât. Je la trouvai, qui, au milieu de beaucoup de monde, paroissoit rêver profondément : je la saluai sans froideur & sans embarras. J'avois cependant dans les yeux une impression de chagrin qui provenoit de ce que j'avois encore ce jour là cherché inutilement mon inconnue. Je fus quelque tems auprès de Madame de Sirly, sans lui rien dire que des choses générales & rebattues. A propos, Monsieur, me dit-elle d'un air fort sérieux, j'ai à vous parler : elle passa à ces mots dans une autre chambre.

Ce procédé, qui avec un autre que moi, auroit paru irrégulier, ne concluoit rien entre nous deux; & elle s'en feroit permis beaucoup d'avantage, que de la façon dont elle étoit avec moi, on n'en auroit tiré aucune induction contre elle. Je la fuivis fort embarraffé de ce qu'elle pouvoit avoir à me dire, & plus encore de ce que je lui répondrois. Elle me regardoit avec des yeux féveres. Enfin, après m'avoir long-tems fixé; vous trouverez peut-être fingulier, Monfieur, me dit-elle, que je vous demande une explication. A moi! Madame, m'écriai-je. Oui, Monfieur, répliqua-t-elle, à vous même. Depuis quelques jours vous avez des procédés peu convenables. Pour vous trouver innocent j'ai eu la complaifance de me chercher des crimes; je ne m'en découvre pas: apprenez-moi ce que vous avez à me reprocher; juftifiez-vous, s'il eft poffible, fur le peu d'égards que vous avez pour moi. Madame, lui dis-je, vous me furprenez, je croyois ne vous avoir jamais manqué; & je ferois au défefpoir, que vous euffiez à m'imputer rien qui pût bleffer le refpect que j'ai toûjours eu pour vous, & l'amitié que vous m'avez permis de vous vouer. Voilà de grands termes, reprit-elle: fi je n'exigeois de vous que des mots; j'aurois lieu d'être contenté; mais vous n'êtes pas de bonne foi, & depuis quatre jours vous êtes changé pour moi plus que vous ne dites. Vous ferez mieux de défavouer vos procédés, que d'entreprendre de les juſtifier; je veux cependant que vous m'éclairciſſiez ſur ce que je vous demande. Eſt-ce un caprice qui vous fait renoncer à mon amitié? croyez-vous avoir ſujet de vous plaindre de moi? vous voyez que je n'abuſe pas de la diſtance que l'âge met entre nous deux; mais tout jeune que vous êtes, je vous ai crû de la ſolidité, & j'ai traité avec vous, moins comme je le devrois avec un jeune homme, que comme avec un ami ſur lequel j'ai crû devoir compter, & que je voudrois conſerver. Je ſouhaite que vous ſentiez le prix de cette confiance, apprenez-moi enfin de quelle façon je dois me conduire avec vous; & ſur-tout dites-moi pourquoi depuis quelques jours vous me fuyez, ou pourquoi, quand nous nous trouvons enſemble, ne vous ſemblez me voir qu'à regret? Comment voulez-vous, Madame, repris-je, que je convienne des torts que je ne connois pas? Si j'ai parû vous éviter, vous ſavez de reſte qu'elle en eſt la raiſon. Si,

quand

quand je vous ai vue, j'ai moins ofé qu'au-paravant vous parler fur le ton que j'avois pris avec vous, c'eft qu'il m'a femblé que vous ne m'entendiez pas avec plaifir. Sans doute, reprit-elle ; mais en oubliant ce nouveau ton que vous voyiez qui ne me plaifoit pas, pourquoi n'avoir pas repris le premier fur lequel je vous ai toûjours répondu ? vous m'avez fâchée, il eft vrai, & plus pour vous même que pour moi, quand je vous ai vû vous mettre dans le cas de me dire des chofes qui ne devroient que me déplaire. Je vois à préfent, Madame, pourquoi je me fuis attiré votre colère ; mais je ne me ferois jamais imaginé que vous m'euffiez fait un crime fi grave de ce que je vous ait dit. Il ne doit pas vous être nouveau de paroître belle : je ne crois pas être le premier fur qui vous ayez fait une vive impreffion ; & vous auriez dû me pardonner les difcours que je vous ait tenu, par l'habitude où vous devez être de les entendre. Eh! non, Monfieur, reprit-elle, ce n'eft plus de mes difcours que je me plains. Quand en effet vous m'aimeriez, vous ne m'en paroîtriez pas plus coupable, mais pourquoi depuis cette converfation, vos façons ont-elles changé ? Je vous revois enfin, après une abfence que je ne vous

pré-

préfcrivois pas ; & à peine daignez vous
me regarder.... Ah Pinoles ! eſt-ce ainſi
qu'on attaque un cœur ? .... Que ne
ſavez-vous, lui dis-je, en me jettant à
ſes genoux, l'état horrible où vous rédui-
ſez mon cœur.... Juſte ciel ! s'écria-
t-elle en reculant à mes genoux ! levez-
vous, que voudriez-vous qu'on penſât ſi
l'on vous y ſurprenoit ? Que je vous jure,
repartis-je, tout l'amour & le reſpect que
je vous dois. Vous m'aimez donc beaucoup, repartit-elle ; & c'eſt bien ardemment que vous ſouhaitez du retour ? Oui,
lui dis-je, je vous aime ardemment, &
je vous demande que vous me permettiez
de vous le dire, & d'eſpérer qu'un jour
je vous y verrai ſenſible. Mon cœur eſt
encore tranquille, dit-elle, & je crains
d'en voir troubler le repos : cependant..
... mais, non, je n'ai rien à vous dire :
je vous defends même de me deviner.

Madame de Sirly, en finiſſant ces paroles, m'échappa. Elle jetta en me regardant le regard le plus tendre. Croyant
avoir aſſez fait pour la bienſéance, elle
vouloit tout faire pour l'amour. Emportée dans cette converſation par ſa vehé-
mence, & par une ſituation neuve pour
moi,

moi, elle m'avoit étonné, sans m'en toucher d'avantage.

Je ne doute pas, que si Madame de Sirly eut sçû la nouvelle ardeur qui m'occupoit, elle ne se fût moins ménagée , & que par là même elle ne m'eut séduit. Retenu d'abord par le sentiment du plaisir, il m'auroit d'autant plus attaché que je l'aurois moins connu. Tout paroît passion à qui n'en a pas éprouvé. Celle qui sembloit écarter Madame de Sirly, n'étoit pas dans mon cœur assez formée pour résister à ses empressemens; & j'aurois sans doute préféré un amusement tranquille, au soin pénible d'inspirer de l'amour à un objet, qui d'abord au moins ne m'auroit offert que des peines. Loin que Madame de Sirly pût s'imaginer qu'il lui fût si important de me paroître aussi sensible qu'elle l'étoit en effet, elle ne fut pas plutôt rassurée sur mon cœur, qu'elle reprit à peu de chose près son ancien système. Elle vouloit bien que je crûsse que je pourrois un jour triompher d'elle & non pas que j'eusse triomphé.

J'étois rentré dans le salon, peu amoureux, mais croyant l'être. Revenu du premier mouvement, ma timidité m'a-

voit

voit repris : j'étois incertain de ce que je devois faire ; & quelqu'ouvertement qu'elle se fût déclarée, je ne voyois encore dans ses discours rien qui m'assurât sa conquête. Son visage étoit redevenu austère, & quoique ce déhors de séverité fût plus pour les autres que pour moi, il me rendit toute ma crainte. Je n'osois approcher d'elle, ni la regarder. Tant de réserve de ma part n'entroit pas dans le plan qu'elle s'étoit formé : elle m'encouragea par les discours les plus obligeans à lui marquer plus de confiance : elle me fit même entendre, pendant toute la foirée, que deux personnes qui s'aiment, peuvent s'expliquer difficilement ce qu'elles sentent, au milieu du tumulte d'une grande compagnie. C'étoit me dire assez que je devois lui demander un rendez-vous. Elle attendit long-tems que je le fisse ; mais voyant enfin que cela ne m'entroit pas dans l'esprit, elle eut la générosité de le prendre sur elle. Avez-vous demain quelqu'affaire ? me demanda-t-elle d'un air nonchalant. Je n'en prévois pas, repondis-je. Eh bien, reprit-elle, vous verrai-je ? je ne sortirai pas de chez-moi ; je compte même voir peu de monde : venez amuser ma solitude, aussi bien j'ai quelque chose à vous dire. J'entends,

tends, repris-je, vous voulez achever
de me gronder. On ne se souvient pas
toûjours avec vous de ce qu'on devroit
faire, repartit-elle ; & je ne craindrois
que d'avoir trop d'indulgence : viendrez-
vous? Je le lui promis. En lui donnant
la main pour la ramener, je crus sentir
qu'elle me la serroit: sans savoir les con-
séquences que cette action entraînoit avec
Madame de Sirly, je le lui rendis ; elle
m'en remercia, en redoublant d'une façon expressive: pour ne pas manquer à
la politesse, je continuai sur le ton qu'elle avoit pris. Elle me quitta en soupi-
rant, & très-persuadée que nous com-
mencions enfin à nous entendre, quoiqu'au fond il n'y eut qu'elle qui le com-
prit.

Je ne l'eus pas plutôt quittée, que ce
rendez-vous auquel d'abord je n'avois
pas fait d'attention, me revint dans l'esprit. Un rendez-vous malgré mon peu
d'expérience, cela me paroissoit grave.
Elle devoit avoir peu de monde chez elle; en pareil cas c'est dire honnêtement
qu'on n'en aura point. Elle m'avoit ser-
ré la main; je ne savois pas toute la force de cette action ; mais il me sembloit
cependant, que c'étoit une marque d'a-
mitié

mitié qui , d'un fexe à l'autre , portoit
une expreffion fingulière , & qui ne s'ac-
cordoit que dans des fituations marquées.
Mais cette vertueufe Madame de Sirly,
qui venoit de me defendre feulement de
la deviner, auroit-elle voulu . . . . non,
cela n'étoit pas poffible.

Quelque chofe qu'il en pût arriver,
je réfolus de m'y trouver.   J'imaginois
que je ne pouvois qu'être content; &
Madame de Sirly étoit affez belle, pour
me faire attendre avec impatience.   Au
milieu de ces idées, que je me formois
fur ce rendez-vous : ah! m'écriai-je, fi
c'étoit mon inconnue qui me l'eut donné! mais non, reprenois-je, elle eft trop
fage pour en accorder à quelqu'un, à
moins cependant que ce ne fut à Sauval.
Mais où font-ils tous deux ? me deman-
dois-je ;   & comment fe peut-il que depuis que je les cherche, l'un & l'autre me
foient échappés ! ne devrois-je point renoncer à une pourfuite fi inutile jufqu'à
ce jour? pourquoi près peut-être de me
voir aimé, vais-je m'occuper d'une idée
qui ne peut que me rendre malheureux,
d'un objet que je n'ai vû qu'un inftant,
& que je ne reverrai fans doute que pour
le trouver poffedé par un autre ? n'importe

porte fachons qu'elle eſt cette inconnue par moi-même , pour me guérir d'une paſſion qui prend déjà trop ſur mon cœur. La converſation que je venois d'avoir avec Madame de Sirly , me faiſoit réflê-chir ſur mon inconnue avec plus de froi-deur qu'auparavant. Ce rendez-vous m'occupoit l'imagination. J'avois toû-jours envié les gens aſſez heureux pour en avoir ; & je me trouvois ſi reſpecta-ble d'être à mon âge dans le même cas, & ſur-tout avec une perſonne telle que Madame de Sirly , qu'il s'en falloit peu que la nouveauté de la choſe, & les idées que je m'en faiſois , ne me tinſſent lieu de plus violent amour. Quelque vive-ment qu'elles m'occupaſſent , je n'en ré-ſolus pas moins d'aller voir Sauval le len-demain , & je m'endormis, en donnant des deſirs à Madame de Sirly , & je ne fais quel ſentiment plus délicat à mon in-connue.

Le premier ſoin que je trouvai à mon réveil , fut celui d'aller chez Sauval : je m'étois arrangé ſur ce que j'avois à lui di-re , & m'étois préparé à le tromper au-tant que ſi , ſur une queſtion auſſi ſimple que celle que j'avois à lui faire , il eut dû deviner le trouble ſecret de mon cœur.

Je

Je croyois ne pouvoir jamais me déguiser aſſez bien à ſes yeux; & par une ſottiſe ordinaire aux jeunes gens, j'imaginois qu'en me regardant ſeulement, les perſonnes les plus indifférentes ſur ma ſituation, l'auroient pénétrée; à plus forte raiſon, je me defiois de Sauval, que je croyois amoureux pour le moins autant que moi. Je me fis conduire chez lui avec empreſſement, & mon chagrin fut extrême, quand on me dit que depuis quelques jours il étoit à la campagne. Mon imagination déjà bleſſée s'offenſa de ce départ, & m'y fit voir les plus cruelles choſes. Depuis quelques jours, ils avoient diſparu l'un & l'autre; je ne doutai pas qu'il ne fut parti avec elle, mon amour & ma jalouſie ſe réveillerent. Je ſentis par mon infortune, quel devoit être ſon bonheur; & ſûr qu'il étoit aimé d'elle, je ne fus que moins diſpoſé à m'en guérir.

Nous étions alors dans le printems; & en ſortant de chez Sauval, j'allai aux Thuilleries. Je me ſouvins en chemin du rendez-vous que m'avoit donné Madame de Sirly; mais outre qu'il ne me paroiſſoit pas alors auſſi charmant que la veille, je ne me ſentois pas aſſez de tran-
quil-

quillité dans l'esprit pour le soutenir. La
seule image de l'inconnue m'occupoit for-
tement : je la traitois de perfide, comme
si elle m'eut donné en effet des droits sur
son cœur, & qu'elle les eut violés.   Je
soupirois d'amour & de fureur : il n'étoit
point de projets extravagans que je ne
formasse pour l'enlever à Sauval ; jamais
enfin je ne m'étois trouvé dans un état si
violent.

Quoique je ne dusse pas craindre à
l'heure qu'il étoit, de rencontrer beaucoup de monde, dans quelqu'endroit des
Thuilleries que je portasse mes pas, la
situation de mon esprit me fit chercher
les allées que je savois être solitaires en
tout tems.   Je tournai du côté du labi-
rinthe, & je m'y abandonnai à ma douleur & à mes jalousies.   Deux voix de
femmes que j'entendis assez près de moi,
suspendirent un instant la rêverie dans laquelle j'étois plongé.   Occupé de moi-
même, comme je l'étois, il me restoit
peu de curiosité pour les autres.   Quelque cruelle que fut ma mélancolie, elle
m'étoit chère, & je craignois tout ce qui
pouvoit y faire diversion. Je descendois
pour aller l'entretenir ailleurs, lorsqu'une
exclamation que fit une de ces femmes,
m'obli-

m'obligea de me retourner.   La palissade
qui étoit entre nous , me deroboit leur
vue , & cet obstacle me détermina à voir
ce que ce pouvoit être.   J'écartai la char-
mille le plus doucement que je pus; &
ma surprise & ma joie furent sans égales
en reconnoissant mon inconnue.

Une émotion plus forte encore que
celle où elle m'avoit mis la premiere fois
que je l'avois vue s'empara de mes sens. Ma
douleur , suspendue d'abord à l'aspect
d'un objet si charmant , fit place à la douceur extrême de la revoir.   J'oubliai dans
ce moment le plus cher de ma vie , que
je croyois qu'elle aimoit un autre que moi;
je m'oubliai moi - même.   Transporté,
confondu , je pensai mille fois m'aller jetter à ses pieds , & lui jurer que je l'adorois.   Ce mouvement si impétueux se cal-
ma , mais ne s'éteignit pas.   Elle parloit
assez haut , & le desir de découvrir quelque chose de ses sentimens dans un entretien qu'elle ne croiroit pas de témoins,
me rendit plus tranquille & me fit résoudre à me cacher , & à faire le moins de
bruit qu'il seroit possible. Elle étoit avec
une des Dames que j'avois vûes avec elle
à l'opéra.   En me pénétrant du plaisir
d'être si près d'une personne pour qui je
                                    sen-

sentois tant d'amour, je ne me consolois point de ne pouvoir pas l'entretenir. Son visage n'étoit pas absolument tourné de mon côté ; mais j'en decouvrois assez pour ne pas perdre tous ses charmes. La situation où elle étoit, l'empêchoit de me voir, & m'en faisoit par là moins regreter ce que j'y perdois.

Je l'avouerai, disoit l'inconnue, je ne suis point insensible au plaisir de paroître belle : je ne hais pas même qu'on me dise que je le suis ; mais ce plaisir m'occupe moins que vous ne pensez : je le trouve aussi frivole qu'il l'est en effet; & si vous me connoissiez mieux, vous croiriez que le danger n'en est pas moins dangereux pour moi.   Je ne prétendois pas vous dire, repartit la Dame, qu'il y eut tant à craindre pour vous, mais seulement qu'il faut s'y livrer le moins qu'on peut. Je pense tout le contraire, reprit l'inconnue: il faut d'abord s'y livrer beaucoup; on est plus sûr de s'en dégoûter. Vous tenez là des discours d'une cequette, reprit la Dame, & cependant vous ne l'êtes pas.   S'il y a même dans le cours de votre vie, quelque chose à redouter pour vous, c'est d'avoir le cœur trop sensible & attaché.   Je n'en sais rien encore, repartit l'inconnue : de tous ceux qui m'ont dit jusqu'à présent que j'étois belle, & m'ont paru le sentir, aucun ne m'a touché. Quoique jeune, je connois tout le danger d'un engagement : d'ailleurs, je vous avouerai que ce que j'entends dire des hommes, me tient en garde contre eux. Parmi tous ceux que je vois, je n'en ai pas trouvé un seul, si vous en exceptez le Marquis, qui fût digne de me plaire. Je ne rencontre par-tout que des ridicules qui, pour être brillans, ne me déplaisent pas moins. Je ne me flatte pas cependant d'être née insensible ; mais je ne me vois rien encore qui puisse me faire cesser de l'être. Vous ne me parlez point de bonne foi, reprit la Dame, & j'ai lieu de penser, que malgré le peu de cas que vous faites des hommes, il y en a un qui a trouvé grace devant vos yeux : ce n'est pourtant pas le Marquis. Il y a quelques jours, repartit l'inconnue, que je vous vois cette idée ; mais comment & sur quoi avez-vous pu la former ? je ne suis à Paris que depuis fort peu de tems, je ne vous ai point quittée, & vous connoissez tous ceux que je vois. Apprenez-moi enfin quel est l'objet qui m'a imprimé une ardeur si vive ? je suis sincère, vous le savez ; & si votre remar-

que

que est juste j'en conviendrai avec vous.
Eh bien, répondit la Dame, vous sou-
vient-il de votre inconnu, de votre attention à le regarder? ajoutez à cela l'o-
pinion avantageuse que vous avez con-
çue de son esprit, sur quelques mots, jo-
lis à la vérité, mais cependant assez fri-
voles pour ne devoir rien déterminer là
dessus : préoccupation que l'amour fait
naître ou qui y mene.   Voulez - vous
d'autres preuves moins équivoques encore, quoique peut-être elles vous soient
inconnues à vous-même? vous souvient-
il de la précipitation avec laquelle vous
me demandâtes qui il étoit, & que lui
seul vous fit naître cette curiosité dans un
lieu où du moins elle pouvoit être par-
tagée? du plaisir que vous eûtes, quand
vous apprîtes son nom & son rang? rap-
pellez - vous la rêverie où vous avez été
plongée pendant votre séjour à la campagne, vos distractions, vos soupirs, échappés sans cause apparente.   Que puis - je
penser encore de cette langueur douce &
tendre qui paroît dans vos yeux, & qui
s'est emparée de toutes vos actions; de
l'inquiétude & de la rougeur que vous
causent maintenant mes remarques? si
ce ne sont pas pour vous des symptomes
d'amour, c'est ainsi du moins qu'il com-

E 2

men-

mence dans les autres.   En ce cas, repondit l'inconnue, je puis donc croire que je ne reſſemble à perſonne.   Je ne me deffendrai ſur rien de ce que vous venez de me dire; & vous conviendrez cependant que vous avez mal appliqué vos remarques. Il eſt vrai, j'ai demandé qui étoit cet inconnu : ôtez de cette curioſité l'empreſſement que vous avez cru y voir, je me flatte que vous n'y trouverez rien que de naturel. L'opiniâtreté fatiguante avec laquelle il me regardoit, la produiſit, & en même tems mon attention à le regarder moi-même.   Je vous dirai plus, ſa figure me parut noble, & ſon maintien décent: deux choſes que ce jour là je ne trouvai qu'à lui, & qui vous frappèrent comme moi. Ce qu'il dit, & dont je me ſuis ſouvenue, vous parut auſſi plaiſant & bien tourné. Je ne dois pas oublier que vous m'en rappellâtes des traits que je n'avois pas bien retenus: étoit-ce l'amour qui les rendoit préſens à votre mémoire? ſi je parlai de lui, vous ſavez que ma mère en fut cauſe. J'ai été, dites-vous, rêveuſe & diſtraite à la campagne, j'ai ſoupiré, j'ai eu de la langueur: il me ſemble que tous ces mouvemens ne prouvent que l'ennui que la campagne m'inſpire, & qui peut être

per-

permis à une jeune perſonne, qui au ſor-
tir du couvent où elle s'eſt déplu, a paſſé
dans une terre où elle a peu d'amuſemens,
qui, pour ainſi dire, voit Paris pour la
premiere fois, & n'eſt pas contente qu'on
l'arrache à des plaiſirs nouveaux pour elle.   Eh bien! Madame, que devient à
préſent cet amour dont vous étiez ſi ſûre?
cependant je ſuis ſincère, & je vous
avouerai naturellement, qu'il n'en a pas
été un long-tems pour moi, s'il ne m'a
pas touchée, du moins il ne m'a pas déplu.   Quand ſon idée s'offre à mon ſou-
venir, c'eſt toûjours d'une façon avanta-
geuſe pour lui, mais c'eſt ſans qu'elle
m'intéreſſe; & ſi l'amour conſiſte dans ce
que vous m'avez peint, je ſuis bien loin
d'en reſſentir.   L'amour dans un cœur
vertueux, ſe maſque long-tems, repartit la Dame; nous nous trouvons crimi-
nels avant d'avoir penſé que nous puiſ-
ſions jamais l'être. Juſte ciel! s'écria l'inconnue, quel malheur! Je vous y rends
attentive, repartit la Dame, afin de vous
apprendre qu'on ne peut être trop ſur ſes
gardes, & trop ſe défier de ſon propre
cœur. J'en conviens avec vous, Madame, dit l'inconnue, & d'autant plus, que
je crois que l'amant le plus eſtimable ne
vaut pas le moindre des ſoins qu'il nous

E 3

çoûcoûte.   Cette façon de penſer, repartit la Dame, eſt un peu trop générale ; mais je ne ſuis pas fâchée de vous la voir : & ſi peu d'hommes ſont tendres & attachés, ſi peu ſont capables d'une vraie paſſion, nous ſommes ſi ſouvent & ſi indignement victimes de notre crédulité & de leur mauvaiſe foi, qu'il y auroit, je crois, encore trop de danger à n'en excepter qu'un.   Vous plus que tout autre, vous devez croire pour votre intérêt, qu'aucun homme n'eſt digne de vous toucher : faite pour être immolée, peut-être à celui de tous que vous choiſiriez le moins, n'ajoutez pas au ſupplice déjà trop cruel de ne vivre que pour lui, le ſupplice épouvantable de vouloir vivre pour un autre. Si votre cœur n'eſt pas content, empêchez du moins qu'il ne ſoit déchiré.

Elles ſe levèrent alors, mon inconnue ſe tourna de mon côté ; mais elle diſparut ſi promptement, qu'à peine jouis-je un inſtant de ſa vûe. Malgré le trouble où ſes diſcours m'avoient plongé, je n'oubliai pas de la ſuivre ; mais ne voulant pas qu'elle put me ſoupçonner de l'avoir écouté, je pris pour la joindre une autre route que celle que je lui vis choiſir.

Tout

Tout ce que je venois d'entendre, me jettoit dans une inquiétude mortelle, quoiqu'il semblât m'apprendre que Sauval n'étoit point aimé. Je me trouvois débarraffé de la crainte que le rival le plus dangereux que je puiffe avoir, ne l'eut touchée; mais fi ce n'étoit pas Sauval, quel étoit donc celui qu'elle honoroit d'un fouvenir fi tendre? quelquefois je me flattois que c'étoit moi : je me rappellois que je l'avois régardée avec une opiniâtreté dont elle fe plaignoit; mille chofes fembloient me convenir. Le defir d'être cet inconnu plutôt encore que ma vanité, me faifoit adopter le portrait flatteur qu'elle en avoit fait. La joie que me donnoit cette idée, étoit détruite fur le champ par une autre qui pouvoit auffi être vraie. Je l'avois regardée avec attention, j'avois fans doute paru pénétré de fes charmes; mais étoit-je le feul qui eut été tranfporté à fa vue? tous les fpectateurs ne m'avoient-ils point paru dans le même délire? je ne l'avois vue qu'à l'opéra, & dans la converfation où je venois furprendre fes fecrets, il n'avoit été queftion ni du jour ni du lieu où cet inconnu l'avoit frappée : ce qui pouvoit fe rapporter à moi, pouvoit auffi fe rapporter à quelqu'autre. D'ailleurs cet incon-

nu,

nu, selon ses discours, n'en étoit plus un
pour elle; il falloit donc qu'elle l'eut re-
vu? pourquoi n'auroit-ce pas été Sauval?
savois-je depuis, quand & comment il la
connoissoit? hélas! me disois-je, que
m'importe l'objet de sa passion, puisque
je ne le suis point; quand ce ne seroit pas
Sauval, en serois-je moins malheureux?
Pendant ces douloureuses réflexions, dont
la justesse me désespéroit, j'avois marché
assez vite pour me trouver, malgré le tour
que j'avois fait, assez près d'elle : sa vue
me donna autant de joie, que si j'eusse
trouvé dans le plaisir de la voir, quelque
sujet d'espérer.

Elle se promenoit nonchalamment dans
la grande allée, du côté de la piéce d'eau
qui la termine. J'admirai quelque tems
la noblesse de sa taille, & cette grace in-
finie qui regnoit dans toutes ses actions.
Quelques transports que dans cette situation elle me causât, je n'en voyois pas
assez; mais timide comme je l'étois, je
tremblois de me présenter à ses yeux: je
désirois, je redoutois cet instant qui alloit me les rendre ; il me surprit dans
cette confusion d'idées. Mon émotion
redoubla. Je profitai de l'espace qui étoit
encore entre nous, pour la régarder avec
toute

toute la tendreffe qu'elle m'infpiroit. A
mefure qu'elle s'avançoit vers moi, je
fentois mon trouble s'augmenter & ma
timidité rénaître. Un tremblement uni-
verfel qui s'empara de moi, me laiffa à
peine la force de marcher. Je perdis
toute contenance. J'avois remarqué que
lorfque nous nous étions trouvé à quelques pas l'un de l'autre, elle avoit détour-
né fes régards de moi; que les y portant
encore, & trouvant les miens fixés fur
elle, elle avoit commencé les mêmes
mouvemens. Je les avois attribués à
l'embarras où ma trop grande hardieffe
l'avoit mife, & peut-être à quelque fentiment d'averfion & de dégoût. Loin
de me raffurer contre une idée fi cruelle
& de me flatter que ma vue lui faifoit
une plus douce impreffion, elle me frap-
pa au point, qu'en paffant auprès d'elle,
je n'ofai la regarder comme j'avois fait
jufques-là: je parus même porter mes
yeux ailleurs. Je m'apperçus avec douleur que cette précaution étoit inutile;
mon inconnue ne m'avoit pas feulement
rémarqué. Ce dédain me furprit, &
m'affligea. La vanité me fit croire que
je ne le méritois pas. Dès-lors j'avois
dans le cœur le germe de ce que j'ai été
depuis. Je crus m'être trompé; & ne

pouvant penser mal long-tems de moi-même, je m'imaginai que la modestie seule l'avoit contrainte à ce qu'elle venoit de faire.

Elles marchoient toutes deux si lentement que je me flattai que sans marquer aucune affectation, je pourrois les réjoindre encore. Je continuai donc ma route, non sans me retourner souvent, autant pour m'instruire du chemin que prendroit mon inconnue, que pour la surprendre dans le même soin. Le mien en partie me réussit mal : & je pus seulement reconnoître qu'elle se disposoit à prendre le chemin de la porte du Pont-Royal. Je revins brusquement sur mes pas ; & en coupant par différentes allées, je m'y trouvai presque dans l'instant qu'elle y arrivoit. Je lui fis place respectueusement ; & cette politesse m'attira de sa part une réverence, qu'elle me fit séchement, & les yeux baissés. Je me rappellai alors toutes les occasions que j'avois lûes dans les romans de parler à sa maîtresse ; & je fus surpris qu'il n'y en eut pas une dont je pus faire usage. Je souhaitai mille fois qu'elle fit un faux pas, qu'elle se donnât une entorse, je ne voyois plus que ce moyen pour engager la con-
ver-

verſation; mais il me manqua encore, &
je la vis monter en caroſſe, ſans qu'il lui
arrivât d'accident dont je puſſe tirer avantage.

Par malheur je n'avois à cette porte,
ni mon équipage, ni mes gens. Privé
de la reſſource de la faire ſuivre, je pen-
ſai l'entreprendre moi-même; mais quand
ce que j'étois, la façon diſtinguée dont
j'étois mis, ne me l'auroient pas défendu, je n'aurois pu me flatter de le faire
long-tems. Je me répentis mille fois de
n'être pas deſcendu à cette porte, j'aurois
pris des meſures trop juſtes pour ne pas
apprendre enfin qui étoit cette inconnue;
mais il n'étoit plus tems, & je m'en fis
autant de reproches, que ſi j'euſſe dû deviner, & qu'elle étoit aux Tuilleries, &
la porte par laquelle elle y étoit entrée.

Je rétournai chez moi plus amoureux
que jamais, piqué de l'indifférence de
mon inconnue, rempli de ce que je lui
avois entendu dire, & déteſtant ſans le
connoître celui pour qui elle ſembloit s'ê-
tre déclarée, puiſque je ne pouvois plus
me flatter que ce fut moi. Pour combler
mon ennui, il me reſtoit le rendez-vous
que m'avoit donné l'indulgente Madame
de

de Sirly. Loin qu'alors il m'occupât
agréablement l'imagination, il n'y avoit
rien que je n'eusse fait pour m'en dispen-
ser. Je venois d'éprouver, en voyant
mon inconue, que je n'aimois qu'elle, &
que je n'avois pour Madame de Sirly,
que les sentimens passagers qu'on a dans
le monde pour tout ce qu'on y appelle
jolie femme, & qu'elle m'auroit peut-être
inspiré moins que personne, sans le soin
qu'elle prenoit de me les faire naître.

Ce que je venois d'entendre dire à mon
inconnue, m'avoit plus agité que guéri.
Sa vue, l'amour même que je lui suppo-
sois pour un autre, avoient réveillé ma
passion; & quelques chagrins que j'en
dusse prévoir, j'imaginois plus de plaisir
à être malheureux par mon inconnue,
qu'heureux auprès de Madame de Sirly.
Qu'irai-je faire à ce rendez-vous, me disois-je? pourquoi me le donner? je ne
le demandois pas. J'irai m'entendre dire
qu'on ne veut point m'aimer, qu'on a le
cœur trop délicat. Ah! plut au ciel qu'on
ne m'y préparât que ces discours! mais
non, on étoit hier dans les plus douces
dispositions: la vertu & l'amour peuvent
combattre encore, mais je serai assez malheureux pour ne pas voir triompher la
pre-

première. Je fus tenté quelque tems de
ne point aller chez Madame de Sirly, &
de lui écrire que des affaires importantes
qui m'étoient survenues, m'empêchoient
de la voir. Après, j'y trouvois des dif-
ficultés; tant qu'à force de ne rien résoudre, je passai chez moi, & seul, la plus
grande partie de la journée. Enfin, je
me determinai à voir Madame de Sirly;
mais ce fut si tard, que ne m'attendant
plus, elle avoit pris le parti de recevoir
les visites qui lui viendroient : en effet,
j'y trouvai grand monde. Elle me reçut
avec froideur, & sans presque lever les
yeux de dessus un métier sur lequel elle
faisoit de la tapisserie. De mon côté,
les politesses ne furent pas vives; &
voyant qu'elle ne me disoit mot, j'allai
m'amuser à regarder jouer. Il n'y avoit
assûrement rien de moins honnête que
mon procédé, aussi me parut-il la fâcher
vivement; mais il m'importoit peu qu'-
elle s'en offensât, pourvu que je ne la
misse point à portée de me le dire. Son
intention cependant n'étoit point de garder là-dessus le silence; l'insulte étoit trop
vive. L'avoir fait attendre, arriver froidement sans m'excuser, sans paroître croire que j'en eusse besoin, n'avoir pas seulement remarqué qu'elle en étoit piquée,

étoit-

étoit-il de crimes dont je ne fuſſe coupable? & encore étoient-ce tous crimes de ſentiment. Elle attendit quelque tems que je revinſſe à elle; mais voyant qu'il n'en étoit pas queſtion, elle ſe leva, & après quelques tours qu'elle fit dans l'appartement, elle vint enfin de mon côté. Elle s'étoit miſe ce jour-là de façon à arrêter mes regards & mon cœur : le deshabillé le plus noble & le plus galant ornoit ſes charmes; une coeffure négligée, peu de rouge, tout contribuoit à lui donner un air plus tendre : enfin elle étoit dans cette parure où les femmes éblouiſſent moins les yeux, mais où elles ſurprennent plus les ſens. Il falloit, puiſqu'elle l'avoit priſe dans l'occaſion qu'elle regardoit comme fort importante, que, par ſa propre expérience, elle en connût tout le prix.

Sous prétexte de regarder le jeu, elle s'approcha de moi. Je ne l'avois pas encore bien conſidérée, je fus malgré mes préjugés contre elle, ſurpris de ſa beauté. Je ne ſais quoi de ſi touchant & de ſi doux brilloit dans ſes yeux; ſes graces animées par le deſir, & peut-être par la certitude de me plaire, avoient quelque choſe de ſi vif, que j'en fus émû. Je ne

pus

pus la regarder fans une forte de complaifance que je n'avois jamais eue, comme je la voyois alors.   Ce n'étoit plus
cette phyfionomie févère & compofée,
avec laquelle elle m'avoit effrayée tant de
fois ; c'étoit une femme fenfible, qui con-
fentoit à le paroître, qui vouloit toucher.
Nos yeux fe rencontrèrent : la langueur
que je trouvai dans les fiens , fit paffer
jufques dans mon cœur le mouvement
que fes charmes avoient fait naître , &
dont le trouble fembloit s'accroître à chaque inftant.   Quelques foupirs, qu'elle
affectoit de ne pouffer qu'à demi, acheverent de me confondre ; & dans ce dangereux moment, elle profita de tout l'a-
mour que j'avois pour mon inconnue.

Madame de Sirly avoit trop d'expérience pour fe méprendre à fon ouvrage, & n'en pas profiter ; & elle ne s'apperçut pas plutôt de l'impreffion qu'elle
faifoit fur moi, que me regardant avec
plus de tendreffe qu'elle ne m'en avoit
encore exprimé, elle retourna à fa place.
Sans réfléchir fur ce que je faifois, fans
même que je puffe former une idée dif-
tincte, je la fuivis : elle s'étoit mife à fa
tapifferie, & fembloit en être fi occupée,
que quand je m'affis vis-à-vis d'elle, elle

ne

ne leva pas les yeux fur moi.   j'attendis
quelque tems qu'elle me parlât ; mais
voyant enfin qu'elle ne vouloit pas rompre le filence : ce travail vous occupe pro-
digieufement, Madame, lui dis-je. Elle
reconnut au ton de ma voix combien j'é-
tois émû ; & fans me répondre, elle me
regarda en deffous : regard qui n'eft pas
le plus mal-adroit dont une femme puiffe
fe fervir, & qui en effet, eft décifif dans
les occafions délicates. Vous n'êtes donc
pas fortie aujourd'hui ? continuai-je. Eh
mon Dieu, non, reprit-elle d'un air fin ;
il me femble même que je l'avois dit.
Comment fe peut-il donc, repartis-je,
que je l'aie oublié ? La chofe ne vaut pas,
répondit-elle, que vous vous en faffiez
des reproches ; & elle eft par elle-même
fi indifférente, que j'avois oublié auffi
que vous m'aviez promis de venir. Tant
que vous ne me manquerez pas plus ef-
fentiellement, vous me trouverez toûjours difpofée à vous pardonner ; car
nous nous ferions peut-être trouvés feuls.
Que nous ferions nous dit ? favez-vous
bien qu'un tête à tête eft quelquefois plus
embarraffant que fcandaleux. Je ne fais,
repris-je, mais pour moi, je le fouhai-
terois avec tant d'ardeur . . . . Ah finif-
fons cette caquetterie, interrompit-elle ;
ou

ou ne me parlez plus sur ce ton, ou
soyez du moins d'accord avec vous-même. Ne sentez-vous pas que de la chose
du monde la plus simple, vous en faites
actuellement la plus ridicule. Comment
pouvez-vous vous imaginer que je croie
ce que vous me dites? si vous aviez desiré de me voir, qui vous en empêchoit?
moi-même, repris-je, qui crains de m'engager avec vous? voyez cependant comment je réussis, continuai-je en lui pre-
nant la main qu'elle avoit sous son métier.
Eh bien, me dit-elle, sans la retirer &
en souriant, que voulez-vous? Que vous
me disiez que vous m'aimez. Mais quand
je vous l'aurai dit, reprit-elle, j'en serai
plus malheureuse, & je vous en verrai
moins amoureux. Je ne veux vous rien
dire: devinez-moi, si vous pouvez, ajouta-t-elle, en me regardant fixement. Vous
me l'avez défendu, repris-je. Ah! s'é-
cria-t-elle, je ne croyois pas vous en avoir
tant dit; mais aussi je ne vous en dirai
pas d'avantage. Je voulus alors la presser de parler, elle s'obstina au silence:
nous fûmes quelque tems sans rien dire;
mais nous ne cessions pas de nous regarder, & je retenois toûjours sa main. Que
je suis bonne, & que vous êtes fou? dit-
elle enfin: le beau personnage que nous

F

jouons

jouons ici tous deux. Ecoutez, ajouta-
t-elle d'un air de réflexion, je crois vous
avoir dit que j'étois sincère, & je suis
bien aisé de vous en donner des preuves.
Naturellement je suis peu susceptible; &
pour me sauver des égaremens de la jeunesse, je n'ai pas eu besoin de réfléchir.
Il me paroîtroit d'un extrême ridicule de
donner aujourd'hui dans un travers qui,
par mille raisons que vous ne sentez pas,
pourroit m'être moins pardonné que jamais: cependant j'ai du goût pour vous.
Je ne dis plus qu'un mot. Rassurez-moi
contre tout ce que j'ai à craindre ; que
votre conduite m'autorise à prendre de
la confiance en vous, vous serez content
de mon cœur. Cet aveu que je vous fais,
me coute; il est, voulez-vous m'en croire, le premier de cette nature que j'aie
fait de ma vie.   Je pouvois, je devois
même, vous le faire attendre plus long-
tems; mais je hais l'artifice, & personne
au monde n'en est moins capable que moi.
Soyez fidele & prudent: je vous épargne des peines en vous apprenant moi-
même un secret que de long-tems vous
n'auriez pénétré; méritez qu'un jour je
vous en dise d'avantage.   Ah! Madame,
m'écriai-je. . . . je ne veux pas de rémer-
ciemens, interrompit-elle: ils ne seroient

à preà préfent qu'une imprudence, & c'eft fur-tout ce que je veux que vous évitiez. Ce foir, peut-être, nous pourrons nous parler. Non, Madame, repondis-je, je ne vous quitte pas que vous ne m'ayez dit que vous m'aimez. Pour me preffer de vous faire cet aveu dans la fituation où nous fommes actuellement, il faut, re-partit-elle, que vous en connoiffiez bien peu le prix, faites ce que je defire, & ne pouffons pas plus avant une conver-fation fur laquelle peut-être on ne médite déjà que trop ici.

Je fis, non fans peine, ce qu'elle vou-loit. Mon bonheur m'avoit enyvré; & loin de retourner au jeu, j'allai rêver aux plaifirs que me promettoit une fi belle conquête. J'étois placé de façon que je pouvois voir Madame de Sirly : mes yeux étoient fans ceffe attachés fur elle ; & toû-jours auffi elle me lançoit des regards, qu'elle chargeoit de tendreffe & de vo-lupté. Je voyois enfin cette fiére beau-té, qui, ainfi qu'elle me le difoit elle-mê-me, n'avoit jamais été fenfible, foupirer pour moi, me le dire : j'étois le feul qu'-elle eut aimé! je triomphois de la vertu de Platon même: je dis de Platon; car fans m'y connoître parfaitement, je ne

 laiff.

laiſſois pas de voir que, ſi dans la ſuite on me parloit encore de ſon ſyſtème, du moins on le mitigeroit; & le mitiger c'eſt l'anéantir.

On vint annoncer Madame & Mademoiſelle de Neville.   Je connoiſſois parfaitement ce nom: Madame & ma mere étoient proches parentes, mais aſſez mal enſemble depuis long-tems; & Madame de Neville ayant preſque toûjours demeuré en province, je ne l'avois jamais vûe.   Elles entrerent, & ma ſurpriſe fut ſans égale, quand je trouvai dans Mademoiſelle de Neville cette inconnue que j'adorois, & à qui je croyois tant d'averſion pour moi.   Je ne pourrois exprimer que foiblement le deſordre que cette vûe me cauſa, combien d'amour, de tranſports & de craintes elle renouvella dans mon cœur.   Madame de Sirly me préſenta en me nommant, à Madame de Neville, qui me parla obligeamment, quoique d'un air fort ſérieux, qu'elle prit peut-être à propos du froid qui étoit entre elle & ma mere.   Si je ne parus pas lui plaire beaucoup, elle ne fit pas non plus ſur moi une impreſſion fort agréable: c'étoit une femme aſſez belle encore, mais dont la phyſionomie étoit hau-

te,

te, & n'annonçoit pas beaucoup de douceur dans le caractère. Elle étoit, disoit-on, fort vertueuse, & d'autant plus respectable qu'elle l'étoit sans faste, & qu'elle l'avoit toûjours été, & ne croyoit pas pour cela qu'il lui fût permis de médire de personne, mais peu faite pour le monde, & le méprisant, elle ne songeoit pas assez à plaire: on étoit forcé de la respecter, on l'admiroit, mais on ne l'aimoit pas. Pour Mademoiselle de Neville, elle me regarda à ce que je crus, avec une extrême froideur, & repondit à peine au compliment que je lui fis. Il est vrai que j'ai pensé depuis, qu'il n'étoit pas impossible qu'elle n'y eut rien compris: le trouble de mes sens avoit passé jusqu'à mon esprit; & la confusion de mes idées m'empêchoit d'en exprimer bien aucune. L'air froid de la fille me piqua plus que celui de la mere. Réveuse & comme embarrassée de ma présence, elle ne jettoit sur moi que des regards tristes ou distraits. Sa mere & Madame de Sirly qui se parloient, nous laissoient en liberté d'en faire autant, mais je sentois trop vivement le plaisir d'être auprès d'elle pour lui parler d'autre chose que de mon amour, & rien dans cet instant n'en pouvoit autoriser l'aveu.

 D'ail-

D'ailleurs, ce qui s'étoit paſſé aux Thuil-leries entre elle & moi, l'indifférence avec laquelle elle avoit paru me revoir, cette paſſion ſecrete, dont par ſes propres diſcours je la ſoupçonnois, contribuoient à me gêner auprès d'elle. Je cherchois vainement à commencer la converſation, la ſombre rêverie dans laquelle je la voyois plongée, augmentoit ma timidité. Quoi! me diſois-je, j'ai pu penſer, que c'étoit moi! qu'elle erreur! avec quelle indifférence, quel odieux mépris ne ſuis-je pas reçu d'elle? Ah! cet inconnu, quel qu'il ſoit, n'ignore plus ſon bon-heur: il dit qu'il aime, il s'entend dire qu'il eſt aimé, leurs cœurs unis par les plus tendres plaiſirs les goûtent ſans con-trainte; & moi, je nourris dans la dou-leur une funeſte paſſion privée à jamais de la douceur de l'eſpérance; par quelle cruelle bizarrerie faut-il que ce moment, où elle m'inſpire le plus violent amour, ſoit celui où naiſſe ſa gloire?

Ces affreuſes idées m'accabloient, & ne me guériſſoient pas. Je m'en laiſſois pénétrer, lorſqu'on annonça Madame de Sotencourt: livré à ma triſteſſe à peine la remarquai-je quand elle entra, pour elle, elle me dévoroit des yeux.... Le

tems

tems de fortir de chez Madame de Sirly
approchoit, j'allois perdre Mademoiselle
de Neville; & près de la quitter; je fentis combien je défirois de la revoir. Ce
bien étoit alors l'unique de ma vie, & je
ne voulois plus, s'il fe pouvoit, attendre
que le hazard m'en fit jouir. Sans l'éloi-
gnement qui étoit entre Madame de Neville & ma mere, il m'auroit paru facile
de me procurer un accès chez elle; mais
retenu par cette confidération, & crai-
gnant que Madame de Neville ne reçût
pas convenablement pour moi la prière
que je lui ferois de me permettre de la
voir, je n'ofois la hazarder. Je ne fais,
dit-elle; mais je lui trouve depuis quelque tems un fond de triftefe qui m'alar-
me, & que rien ne peut diffiper. Elle
aime trop la folitude, dit Madame de Sirly; & je veux que demain nous prenions
enfemble des mefures pour la diftraire.
Les plaifirs de ma coufine m'intéreffent
auffi, dis-je, à demi bas à Madame de
Neville: s'il me vient quelques idées,
voudrez-vous me permettre d'aller vous
en faire part chez vous? Je ne vous crois
pas excellent pour le confeil, repondit-
elle en riant; mais, il n'importe, Monfieur, vous me ferez plaifir: en ce cas,
me dit Madame de Sirly, mais d'un ton

F 4

fort

fort bas, ſi vous voulez vous rendre ici demain l'après-diné, nous irons enſemble chez Madame. J'acceptai avec tranſports cette propoſition, ſi charmé de l'eſpérance de voir le lendemain ce que j'adorois, que je ne fis aucune réflexion, ni ſur le lieu du rendez-vous, ni ſur le véritable objet qu'il pouvoit avoir.

Je paſſe ſur les ſentimens qui m'occuperent cette nuit là. Il n'y a pas d'homme ſur la terre aſſez malheureux pour n'avoir jamais aimé, & aucun qui ne ſoit par conſéquent en état de ſe les peindre. Si la vanité ſeule avoit pu ſatisfaire mon cœur, il auroit ſans doute été moins agité. Madame de Sotencourt, toute occupée du ſoin de me plaire, Madame de Sirly de qui je n'avois plus de délais à craindre, me mettoient dans une ſituation brillante; la premiere ſur-tout, qui, ſi elle ne s'attiroit plus par ſes charmes l'attention publique, ſe la conſerveroit toûjours par des avantures. Peu flatté de me voir en même-tems l'objet d'une prude & d'une femme galante, le cœur qui ſembloit ſe refuſer à mes deſirs, étoit le ſeul qui put remplir le mien. Temoin de la triſteſſe de Mlle. de Neville, & de ſa froideur pour moi, à quoi pouvois-je
mieux

mieux les attribuer qu'à une paſſion ſecrete? les premiers ſoupçons que j'avois
porté ſur Sauval, ſe réveillerent dans
mon eſprit ; à force de m'y arrêter, ils
s'accrurent.   Je crus voir mille choſes,
qui d'abord m'avoient moins frappé, &
qui toutes me convainquoient de leur ardeur mutuelle.

Je fus incertain le lendemain ſi je dirois
à Madame de Pinoles, que j'avois vû
Mademoiſelle de Neville : je craignois
que l'antipathie qui les déſuniſſoit, ne la
portât à me défendre de la voir.   J'étois
ſi ſûr en ce cas de lui déſobéir, que j'aurois voulu ne m'y pas expoſer.   Il pouvoit lui être plus dangereux de lui dérober mes demarches : elle n'auroit pu les
ignorer long-tems ; & le myſtère que je
lui en ferois ne ſerviroit peut-être qu'à les
lui faire obſerver avec plus de ſoin.   Je
crus donc, que le parti le plus ſage pour
mon amour, mais encore pour rendre à
Madame de Pinoles ce que je lui devois,
étoit de ne lui rien cacher. Je lui demandai donc ſi elle ne deſapprouveroit pas
que je viſſe Madame de Neville. Au contraire, repondit-elle, elle a trop de vertu
pour que ſon commerce ne vous ſoit pas
infiniment utile.   Mais, ajouta-t-elle, on

 m'a

m'a dit que sa fille étoit belle; l'avez-vous vûe? comment la trouvez-vous?

Je fus si embarrassé de cette question, toute simple qu'elle étoit, que je pensai lui repondre que je n'en savois rien, je ne me remis de mon trouble, que pour m'en préparer un autre. Obligé de dire ce que je pensois de Mademoiselle de Neville, l'amour me dicta son éloge.

Si je l'ai vûe, & comment je la trouve? m'écriai-je! ah! Madame, vous en seriez enchantée! sa figure, son maintien, son esprit, tout plaît en elle, tout y attache. Ce sont les plus beaux yeux, les plus tendres, les plus touchans! si vous l'aviez seulement vû sourire! ... Vous la louez vivement, interrompit-elle; & vous aimeriez mieux, à ce que je crois, vivre avec elle, que moi avec sa mere. Je ne m'apperçus que dans cet instant, que j'en avois trop dit. Je suis bien aise, reprit-elle, de vous apprendre que j'ai des vûes sur vous, & qu'elles n'ont pas cette Demoiselle pour objet: elle n'est pas faite pour occuper votre caprice; & je ne vous conseille pas de lui rendre des soins bien sérieux. Mon air tranquille en imposa à Madame de Pinoles, qui d'ailleurs m'ai-

moit

moit trop pour qu'il me fût difficile de la tromper. Non, mon fils, quelque foit le but du commerce que vous voulez lier avec elle, dit-elle, qu'il ait l'amour pour objet, qu'il n'en ait point du tout; dans aucun de ces cas, je ne dois, ni ne veux vous contraindre. Mes ordres, fi vous l'aimez, ne détruiront pas votre paffion; & fi vous ne l'aimez point, je ne fuis pas affez ridicule pour vous en faire naître le defir en vous interdifant fa vûe. Cette converfation tourmentoit trop mon cœur pour chercher à la continuer; & je pris congé de ma mere pour aller chez Madame de Sirly, qui devoit me conduire chez Levie.

Je réflêchiffois fur tout ce qui s'oppofoit à mon amour; & moins je lui voyois d'efpérance d'être heureux, plus je le fentois s'affermir dans mon cœur. Un rival à qui je ne croyois plus rien à defirer; une mere qui fur un fimple foupçon venoit de fe déclarer contre moi; une femme dont j'allois bleffer la paffion ou le caprice, chofe également dangereufe, rien ne m'arrêta. J'entrai chez Madame de Sirly, rempli de Levie.

Mal-

Malgré toutes les menaces qu'elle m'a-
voit faites de prendre des précautions contre moi, je la trouvai seule : elle me reçut comme on reçoit avec tendresse &
avec familiarité. Ma froideur, car je ne
me prêtai à rien, l'embarraffa. Des révérences, du respect, un air morne;
quel prix, & de ce qu'elle avoit fait pour
moi, & des bontés qu'elle me préparoit
encore! comment accorder auffi peu d'a-
mour & d'empreffement avec les transports que je lui avois montrés ? elle fe
croyoit en droit de s'en plaindre, & ne
l'ofoit cependant pas faire. Elle me regardoit avec des yeux étonnés, & cher-
choit vainement dans les miens l'ardeur
que je femblois lui avoir promife. In-
terdit & plus contraint que jamais, j'étois
auprès d'elle, moins comme un amant
qui eft encore à favorifer, que comme un
qui fe laffe de l'être. Je ne lui avois dit
en entrant, que des chofes communes;
jargon d'ufage prefcrit entre deux per-
fonnes qui s'aiment. Outrée d'un procédé fi peu convenable, & ne l'ayant pas
mérité de ma part, elle fe rappella Madame de Sotencourt, & ne douta point qu'-
une indifférence fi fenfible ne fut caufée
par un nouveau goût qui me déroboit à
fa tendreffe. Cette idée la pénétra de douleur:

leur : elle voyoit une femme fans mœurs,
fans jeuneffe, fans beauté, lui enlever
en un jour le fruit de trois mois de foins;
& dans quel temps encore, & après quelles efpérances! lorfqu'elle pouvoit fe croire fûre de mon cœur, & qu'elle avoit
vaincu fes fcrupules, & qu'enfin j'avois
furmonté mes préjugés. L'idée de Levie
& les difcours de ma mere me remplif-
foient tout entier, & me laiffoient peu de
pitié pour les maux que je faifois fouffrir
à Madame de Sirly. Ennuyé cependant
d'être fi long-tems feul avec elle, je pris
mon parti. Madame, lui demandai-je,
ne devions nous pas aller chez Madame
de Neville? Oui, Monfieur, repondit-
elle fechement, je vous attendois; je
commençois à croire que vous aviez oublié que je devois vous y conduire. Je
n'ai pas, repris-je, d'auffi ridicules distractions. Vous avez cependant, repondit-elle, un affez beau fujet d'en avoir;
& je crois que Madame de Sotencourt
eft la feule que vous ne puiffiez plus oublier.

Cette Madame de Sotencourt qu'on
m'accufoit de ne pouvoir oublier, exis-
toit pourtant affez peu dans ma mémoire,
pour que je ne me fouvins que dans cet
in-

inſtant de la viſite qu'elle m'avoit engagé à lui faire. La jalouſie de Madame de Sirly ne me déplut point : il m'importoit qu'elle ne découvrît pas quel étoit le véritable objet de ma paſſion ; & je vis avec joie Madame de Sotencourt devenue celui de ſes craintes. Après avoir reçu bien des réprimandes nous arrivâmes enfin chez Madame de Neville. Levie étoit ſeule avec elle. Malgré ſa grande parure, je lui trouvai l'air abatu ; mais cette langueur ajoutoit encore à ſes charmes. Elle tenoit un livre qu'elle quitta en nous voyant. Madame de Neville me reçut auſſi bien que je pouvois le deſirer : mais je ne trouvai dans Levie, ni plus de gayeté, ni moins de contrainte avec moi que je ne lui en avois vû la veille. Enfin cette triſteſſe que tant de fois en moi-même je lui avois reproché, que j'avois attribuée à l'abſence de quelqu'un qu'elle aimoit, n'étoit plus à mes yeux que cette voluptueuſe mélancolie où ſe plonge un cœur tout occupé de ſon objet, celle enfin que je ſentois depuis que je l'avois vûe.

Ces charmantes idées ne me ſéduiſirent pas long-tems ; on annonça Sauval. Je frémis en le voyant entrer : l'étonnement

ment que parut lui causer ma présence, augmenta la jalousie que me donnoit la sienne. L'air familier qu'il prit, l'extrême amitié que Madame de Neville lui marqua, la joie qui se répandit sur le visage de Levie, tout réveilla mes soupçons, tout me déchira le cœur. Ciel! me dis-je avec fureur, j'ai pu croire que je serois aimé! j'ai pu oublier que Sauval seul pouvoit lui plaire? comment, avec cette certitude qu'ils m'ont donnée de leur amour, s'est-il effacé de ma mémoire?

Plus je m'étois flatté, plus le coup que me portoit Sauval étoit affreux. Je me sentois en le regardant des transports de rage que j'avois une peine extrême à contraindre : je n'en eus pas moins à le saluer ; mais je ne pus prendre assez sur moi pour repondre convenablement aux choses obligeantes qu'il me dit. Il alla avec un empressement auprès de Mademoiselle de Neville, & l'aborda avec cette politesse animée qu'on a pour les femmes à qui l'on veut plaire. Une douce satisfaction éclatoit dans ses yeux : je crus même y lire l'amour ; mais un amour paisible, & tel qu'il est quand on l'a rendu certain du retour. Il lui dit mille choses fines & galantes qui me firent frémir pour ce qu'il pouvoit lui dire quand ils étoient sans témoins : c'étoient des expressions tendres & vives, qu'il me sembloit qu'on ne devoit trouver que pour ce qu'on aime éperduement, & que je n'imaginois moi-même que pour Levie. Il lui lançoit des regards que j'aurois desiré d'elle : elle de son côté lui sourioit, l'écoutoit avec complaisance, se pressoit de lui repondre, & ne daignoit pas contraindre le plaisir que lui donnoit sa vûe. Un spectacle aussi cruel pour moi acheva de me percer le cœur. Cent fois je me dis que je n'aimois plus Mademoiselle de Neville , & je sentois augmenter mon amour à chaque protestation d'indifférence que je lui faisois. Chaque fois que je voyois ses beaux yeux pleins de douceur & de feu s'arrêter sur Sauval ; que ses levres charmantes s'en trouvoient pour lui sourire ; enivré de plaisir, en frémissant je m'y laissois entraîner : à peine pouvois-je me souvenir qu'un autre regnoit sur ce cœur, que j'enviois à mon rival la satisfaction de la voir si belle. Je me trouvois cependant trop à plaindre, quand ces mouvemens se ralentissoient , pour que mon malheur ne me pénétrât pas de rage ; & ce sentiment douloureux me faisoit jetter sur eux de tems en tems les regards les plus sombres.

bres. Errant dans la chambre où nous étions, plein de mon déſeſpoir & de mon amour, je ne pouvois ni m'approcher d'eux, ni prendre part à leur converſation. Sauval m'adreſſa la parole plus d'une fois. Je ne lui repondis qu'à peine, & toûjours ſi peu de choſe, qu'il prit enfin le parti de ne me plus rien dire. On auroit crû, à voir la conduite de Mademoiſelle de Neville, qu'elle n'avoit deviné mes ſentimens, que pour avoir ſans ceſſe la barbare joie de les mortifier. De moment en moment, elle parloit bas à Sauval, ſe panchoit familièrement vers lui; & ces choſes qui, toutes ſimples qu'elles ſont en elles-mêmes, ne me le paroiſſoient pas alors, achevoient de me déſeſpérer.

Tant de mouvemens différens, & que je n'étois pas dans l'habitude d'éprouver, m'accablerent. La triſteſſe où je me plongeois, devint ſi forte que je ne pus plus la diſſimuler. Madame de Sirly qui s'apperçut de l'altération de mes yeux & de la pâleur ſubite qui ſe répandit ſur mon viſage, me demanda ſi je me trouvois mal. A cette queſtion, Mademoiſelle de Neville s'avança vers moi précipitamment, dans le tems que je repondois à Madame de Sirly, qu'en effet je ne me trouvois

G

pas

pas bien, & m'offrit d'une eau dont elle vanta la vertu. Ah! Mademoiselle, lui dis-je en foupirant, je crains qu'elle ne me foit inutile, & ce dont je me plains, n'eft pas ce que vous penfez! Elle ne me répondit rien: je crus feulement remarquer qu'elle étoit touchée de mon état. Cette idée & fon empreffement à voler vers moi, me cauferent un inftant de plaifir. Je la regardai fixement : mais mon attention la gênant fans doute, elle baiffa les yeux, en rougiffant, & me quitta. Je retombai dans ma premiere douleur: j'eus du dépit de lui avoir parlé : j'en craignis d'en avoir trop dit, ou que mes yeux qui fe portoient fur elle trop tendrement, ne lui euffent donné le fens de mes paroles. Madame de Sirly qui ne connoiffoit pas les intérêts fecrets de mon cœur, & qui s'occupoit uniquement des torts que j'avois avec elle, prit pour l'ennui d'être éloigné de Madame de Sotencourt, le chagrin que je marquois. Cette paffion qui lui paroiffoit auffi prompte que ridicule, ne laiffoit pas de l'inquiéter extrêmement. Elle vint s'affeoir auprès de moi. Madame de Neville qui écrivoit, lui laiffoit le loifir de me parler. Elle me regarda quelque tems; & me voyant plongé dans la rêverie la plus profonde;

y fony fongez-vous? me dit-elle fort bas. Que voulez-vous qu'on penfe ici de la mine que vous faites? il femble à vous voir que vous y foyez malgré vous. Quelque chofe vous a-t-il déplu? mais non, ajouta-t-elle en foupirant; j'ai tort de vous interroger fur ce que je ne fais que trop bien: ma préfence feule vous afflige, & l'intérêt que je prens à vous, commence à vous devenir infupportable. Vous ne répondez rien; voudriez-vous donc que je le cruffe? Vous vous impatientez aifément, repris-je, & je crains que la querelle que vous me faites à préfent, ne foit pas mieux fondée que celle que vous m'avez faite tantôt. Mais quand il feroit vrai que toutes deux fuffent injuftes, devriez-vous, répondit-elle, vous en offenfer? peut être fais-je mal de vous le dire; mais, Pinoles, fi jamais vous aviez penfé ce que vous m'avez répété tant de fois, loin de vous plaindre de moi, vous me remerciriez fans doute. Eh! quel eft donc mon crime! je vous ai dit que je vous foupçonnois, non d'aimer Madame de Sotencourt, vous penfez trop bien pour être capable d'un goût auffi peu fait pour un honnête homme, mais de vous être livré trop étourdiment à des agaceries dont vous ne fentiez pas la confé-

quen-

q……. Je fais mieux que vous même
ce qu'une femme de cette espéce peut
p……… fur vous. Ce ne feroit point le
f……ment qui vous conduiroit auprès d'el-
l………… en la méprifant, vous lui cédé-
r……. ……… p……rroit vous répondre que
c… ……me caprice, dont d'abord vous au-
r… honte en la fatisfaifant, ne devint pas
pour vous ……… paffion violente ? malheu-
reufem…… ……… objets les plus méprifables
font p…fque toûjours ceux qui les infpi-
rent…… On fe repofe fur le peu de goût
que d'abord on prend pour eux. On
n'imagine pas qu'ils puiffent jamais être
à craindre ; mais fans qu'on s'apperçoi-
ve, l'imagination s'échauffe ; la tête fe
frappe, on fe croit amoureux de ce qu'-
on croit détefter, & le cœur partage enfin le défordre de l'efprit. Que me re-
ftera-t-il donc, je ne dis pas des fentimens que, fi je vous en crois, je vous
ai infpiré, mais de l'amitié que j'ai toûjours eue pour vous. Si je ne puis vous
donner des confeils fans vous révolter,
quand il feroit vrai que plus fenfible en
effet que je n'ai voulu vous le paroître,
je craigniffe en fecret de vous perdre,
qu'enfin je fuffe jaloufe, feroit-ce pour
vous une raifon de me haïr ? mais je ne
vous hais pas, Madame. . . . . Vous ne

me

me haïssez pas? repliqua-t-elle. Ah! la plus cruelle indifférence pourroit-elle s'exprimer avec plus de froideur? vous ne me haïssez point! Que voulez-vous que je vous réponde, Madame, lui dis-je? rien de ma part ne vous satisfait, tout vous irrite, tout est crime à vos yeux. Je vois chez vous une femme que je ne cherchois pas, pour qui je n'ai rien marqué; vous trouvez cependant que je l'aime. Je suis revenu ici, parce que je me sens un mal de tête affreux; c'est l'ennui que vous me causez, qui me tourmente. Si chacune de mes actions vous fait faire de pareils commentaires, nous serons à ce que je prévois, souvent mal ensemble. Non, Monsieur, répondit-elle indignée de mes discours, vous prévoyez mal. Je ne suis pas assez bien payée de mes soins pour daigner les prendre d'avantage. Je connois votre cœur, & l'estime ce qu'il vaut: peut-être serez-vous quelque jour fâché d'avoir perdu le mien.

En achevant ces paroles, elle se leva brusquement; & moi impatienté de ses reproches, & de la présence de Sauval, & ne pouvant plus soutenir l'un & l'autre, je pris congé de Madame de Neville, qui fit, mais vainement, tous ses efforts pour

me

me retenir. J'étois trop piqué des procédés de Levie pour pouvoir lui paroître content d'elle, & je lui témoignai une extrême froideur, que de son côté elle me rendit sans ménagement.

J'avois ordonné, malgré Madame de Sirly, que mon carosse suivit le sien; & j'y montois avec le regret d'avoir laissé Levie avec mon rival: j'étois sur le point de rentrer chez elle; ce que j'aurois fait sans doute, si j'avois imaginé quelque chose qui eut pu justifier cette démarche. Livré à moi-même, l'esprit dans la situation du monde la moins tranquille, je ne fus d'abord de quel côté tourner mes pas. Je craignois la solitude, & ne me sentois pas en état de voir du monde. Le hazard me conduisit chez Madame de Sotencourt. J'espérois ne pas la trouver; mais je n'étois pas fait ce jour-là pourêtre heureux. Elle étoit chez elle. Son carosse que je vis dans la cour en arrivant, me fit connoître qu'elle étoit prête à sortir, & qu'heureusement ma visite ne seroit pas longue. J'entrai: elle me parut comme la veille à peu près; si ce n'est qu'au grand jour je lui trouvai quelques années de plus, & quelques beautés de moins. Comme elle pensoit aussi bien d'elle que tout le monde en penfoit mal, elle ne s'apperçut pas de l'impreffion defavantageufe qu'elle faifoit fur moi: elle croyoit d'ailleurs m'avoir conquis le foir précédent, & fe flattoit que ma vifite n'avoit pour objet que de régler certains préliminaires, qui, avec la difpofition qu'elle apportoit à finir, devoient vraifemblablement être peu difputés. Quelque prévenu que je fuffe contre Madame de Sirly, je ne laiffois pas de fentir toute la diftance qu'il y avoit de l'une à l'autre. Si Madame de Sirly n'avoit pas toutes les vertus de fon fexe, elle en avoit du moins les apparences: fes foibleffes étoient cachées fous des déhors impofans: elle penfoit & s'exprimoit avec nobleffe; & rien ne dédommageoit en Madame de Sotencourt des vices de fon cœur. Faite pour le mépris, il fembloit qu'elle craignoit qu'on ne vît pas affez tôt combien on lui en devoit: fes idées étoient puériles, & fes difcours rebutans. Jamais elle n'avoit fu mafquer fes vûes, & l'on ne fauroit dire ce qu'elle paroiffoit dans le cas où prefque toutes les femmes de fon efpéce ont l'art de ne paffer que pour galantes. Quelquefois, cependant, elle prenoit des tons de dignité, mais qui la rendoient très-ridicule: elle foutenoit fi mal l'air d'une perfonne refpeƈtable, que

G 4

l'on

l'on ne la voyoit jamais mieux, que quand elle feignoit de le paroître.

Elle me propofa de paffer aux Thuilleries, j'acceptai la partie pour n'être plus vis-à-vis d'une femme dont l'indécence ma faifoit horreur. Il y avoit déjà long-tems qu'elle m'y parloit prefque toute feule, & je ne pouvois plus tenir à fes difcours ennuyeux, lorfqu'en me retournant j'apperçus tout à coup Madame de Sirly, Levie & fa mere qui étoient fur nos pas. Le défordre où cette vûe inopinée me plongea, fut extrême. Sans croire que je fuffe aimé de Levie, j'étois défefpéré, qu'après l'avoir quittée fi brufquement, elle me retrouvât avec Madame de Sotencourt. Quoique la crainte de déplaire à Madame de Sirly ne m'occupât plus, fa préfence ne laiffoit pas de m'embarraffer. Le reproche de fauffeté qu'elle m'avoit fait devant Levie, & la derniere querelle que nous avions eu enfemble, m'avoient aigri contre elle au dernier point, & m'éloignoient d'un raccommodement dont je craignois les fuites; mais je redoutois les difcours. Sans découvrir l'intéret qui la feroit parler fur mes liaifons avec Madame de Sotencourt, fachant même à cet égard fe couvrir du mafque

le

le plus noble , elle pouvoit faire penser
à Levie qu'elles n'étoient pas innocentes ,
& si elle n'avoit pas dessein de me détruire
dans son cœur, elle pouvoit contribuer
du moins à m'en fermer l'accès pour toûjours. Je m'efforçois vainement de cacher mon trouble ; il étoit peint dans toutes mes actions & dans mes yeux : je n'o-
sois les lever sur Levie, & ne pouvois en
même tems les porter ailleurs ; un charme secret & invincible les arrêtoit sur elle
malgré moi,

Madame de Sirly me parut pénétrée
de douleur ; mais accoutumée à prendre
sur elle, son visage changeoit à mesure
qu'elle approchoit de nous, & elle répondit en souriant, & de l'air du monde le
plus libre & le plus ouvert, à la révéren-
ce décontenancée que je leur fis. Pour Levie, que j'examinois avec soin, elle ne
marqua en me voyant, ni trouble ni plaisir. J'entendois cependant de tous côtés
se recrier sur ses charmes, & j'en sentois
augmenter mon amour & ma douleur.

Depuis que j'avois rencontré Mademoiselle de Neville, j'avois senti redou-
bler l'ennui que m'inspiroit Madame de
Sotencourt. Mais la crainte de lui faire

G 5

pen

penfer que j'étois impatient de retrouver Madame de Sirly, m'avoit retenu auprès d'elle. Heureufement ma contrainte ne fut pas longue, & elle partit peu d'inftans après, en me priant de fonger à elle, & en m'affurant qu'elle ne m'oublieroit pas. Je ne fus pas plutôt libre, que je cherchai Mademoifelle de Neville. Quelque chofe que je fouffriffe de fa froideur, je fouffrois encore plus de fon abfence: il me fembloit, quand je ne la voyois pas, que ma jaloufie me tourmentoit plus violemment. Peu inquiet des mouvemens de Madame de Sirly, ce fût dans les yeux de Levie que je cherchai ma deftinée. J'eus lieu de penfer qu'il lui étoit égal que je fuffe auprès de Madame de Sotencourt, ou auprès d'elle, & les nouvelles preuves de fon indifférence acheverent de me percer le cœur.

Madame de Sirly, pendant le tems que j'employois à examiner Levie, me regardoit fixement & d'un air railleur, dont enfin je m'apperçus, & qui redoubla l'averfion que je commençois à fentir pour elle. Eh bien! Monfieur, me demandat-elle, ce mal de tète fi violent n'a pas été ce me femble de longue durée. En effet, répondis-je; la promenade l'a diffipé.
Ma-

Madame de Sotencourt ne fera-t-elle comptée pour rien ? Je n'avois pas encore imaginé, répondis-je, que ce fut elle que j'en duffe remercier. Inftruit par vos bontés de tout ce que je lui dois, je n'oublierai pas de lui en marquer ma reconnoiffance. Elle vous en donnera fans doute des fujets importans, dit-elle ; & je la crois perfonne à ne pas borner fes bienfaits à fi peu de chofe : elle eft fort noble, Madame de Sotencourt. Mais comment êtes-vous refté ici fans elle? Apparemment, repartis-je, avec une aigreur qui commençoit à me furmonter, qu'il ne m'a pas été poffible de la fuivre ; mais la certitude de la revoir bientôt, adoucit extrèmement ce regret que j'ai de fon abfence ; elle ne me répondit que par un regard d'indignation qui redoubla la mienne, & fans rien dire, nous nous exprimâmes avec force, toute la colere que nous reffentions. Elle ne s'en tint pas aux regards, croyant me mortifier d'avilir Madame de Sotencourt, elle employa tout fon efprit à peindre, avec les traits les plus marqués, fes vices & fes ridicules. Elle ne pouvoit pas en penfer plus mal que moi-même ; mais loin de l'en laiffer médire à fon gré, je me crus obligé de la défendre, & je le fis avec tant d'ardeur,

deur, & si peu de ménagement, qu'il ne fut pas possible à Madame de Sirly, de douter de la nouvelle passion dont auparavant elle ne faisoit que me soupçonner. Occupé du desir de la tourmenter, j'avois oublié que Levie m'écoutoit. Cette réflexion m'accabla. Avant une si cruelle étourderie, je n'avois à combattre que la froideur de Levie, mais comment oser lui parler de ma tendresse, après avoir avoué qu'une femme si digne de mépris, avoit fait sur moi la plus vive des impressions? absorbé dans une confusion d'idées & de sentimens, les parcourant tous, les éprouvant tous, sans m'arrêter sur aucun, je marchois auprès de Levie dans un état peu différent du sien. Je voulois interrompre sa rêverie, & ne trouvois rien à lui dire. Ce fut aussi vainement que je cherchois à fixer ses yeux sur moi; & nous arrivâmes à la porte sans qu'il lui fut rien échapé de tout ce qui pouvoit m'instruire à me satisfaire.

Madame de Sirly qui, depuis le panégyrique qu'elle m'avoit entendu faire de Madame de Sorencourt, ne m'avoit point parlée, après avoir vu partir Madame de Neville & Levie, me demanda avec une douceur extrême, si je voulois qu'elle me reme-

remenât chez moi, ou qu'elle me condui-
sît chez elle; je lui répondis séchement
que je ne pouvois faire ni l'un ni l'autre.
Il me parut qu'elle étoit consternée de ma
réponse, & de la profonde & sérieuse ré-
vérence dont je l'avois accompagnée; cependant elle insista. Je lui soutins avec
moins de ménagement encore, que des
raisons invincibles s'opposoient à ce qu'-
elle désiroit; & nous nous séparâmes enfin, tous deux tristes & mécontens l'un
de l'autre. Je rentrai chez moi, l'esprit
& le cœur trop tourmenté pour vouloir
y voir personne, & je passai toute la nuit
à faire sur mon avanture les plus cruelles
& les plus inutiles réflexions. Je ne savois encore à quel projet m'arrêter, lorsqu'on entra chez moi. Je reçus en même tems ce billet de la part de Madame
de Sirly.

   ,, Si je ne consultois que votre cœur,
,, je ne prendrois pas la peine de vous
,, écrire, mon silence sans doute m'épar-
,, gneroit de nouveaux affronts; plus ten-
,, dre que je ne suis vaine, je ne crains
,, pas de m'y exposer encore. Je vais
,, aujourd'hui à la campagne pour deux
,, jours, vous ne méritez pas que je vous
,, en avertisse, beaucoup moins que je
                 ,, vous

,, vous priaffe de m'y accompagner ; ce-
,, pendant je fais l'un & l'autre. Tant
,, d'indulgence de ma part ne vous ren-
,, dra peut-être que plus ingrat ; mais il
,, me fera doux de vous confondre par
,, mes bontés, fi je ne puis vous y ren-
,, dre fenfible. Je fuis d'ailleurs curieufe
,, de favoir fi vous trouvez autant de char-
,, mes à Madame de Sotencourt, que
,, vous lui en trouviez hier. Je veux bien
,, encore m'inquiéter de ce que vous pen-
,, fez fur ce fujet. Songez que je puis ne
,, le pas vouloir long-tems. Adieu, je
,, vous attends à quatre heures. "

Ce billet ne m'ôta rien de ma colere
contre Madame de Sirly, avec qui je ne
voulois point avoir d'explication. Déterminé à rompre avec elle, je lui écrivis
avec la derniere froideur, qu'il m'étoit im-
poffible de faire ce qu'elle défiroit, & que
j'avois pris la veille des engagemens que
je ne pouvois rompre. Dans la fituation
où nous étions enfemble, cette réponfe
étoit impertinente ; mais plus je le fentis,
plus je fus content de la lui avoir fait. La
haine ne me l'avoit pas feule dictée. J'a-
vois craint encore moins d'ennui à être
auprès d'elle, que de chagrin à être éloigné de Levie. Je paffai à m'occuper de

fon

ſon idée tous les momens où il ne m'étoit pas encore permis de la voir, & il étoit à peine cinq heures que je volai chez elle.

Entre quelques équipages que je vis dans la cour, je reconnus celui de Madame de Sirly. Il ne m'en fallut pas d'avantage pour me faire connoître la faute que j'avois faite, & l'impoſſibilité de la réparer me déſeſpéra. Plein de fureur contre moi‑même, j'entrai décontenancé & tremblant. Vous venez ſans doute avec nous, Monſieur ? me demanda Madame de Neville. Non, Madame, répondit vivement Madame de Sirly, je l'en avois prié, mais il a des engagemens qu'il ne ſauroit rompre ; je crois que vous les devinez. Quelle folie ! s'écria Sauval. Je vous jure, Madame, qu'il n'a rien à faire. Je ſais le contraire, reprit‑elle d'un air ſec ; mais l'heure nous preſſe, & il voudroit ſans doute d'autant moins rétarder notre départ, que ſûrement nous rétardons nos plaiſirs. Adieu, Monſieur, me dit‑elle en ſouriant, je ſerai peut‑être plus heureuſe une autre fois, ou vous ſerez moins occupé. En achevant ces paroles, elle me préſenta la main d'un air auſſi libre, que s'il n'eut été queſtion de rien entre nous ; & mourant de rage, je fus obligé
de

de la conduire jufqu'à fon caroffe. Elle fit
une de ces révérences choquantes, que je
favois fi bien lui faire quelque fois.   Je
voulois en vain déguifer mon chagrin.
Voir Sauval auprès de Levie, & penfer
que dans la folitude de la campagne, il
trouveroit mille momens pour lui dire les
chofes les plus tendres, c'étoit un fuplice
que je ne pouvois fupporter ; fur-tout
quand je me fouvenois qu'il avoit dépen-
du de moi de me l'épargner.

Quelqu'intérêt que j'euffe à ne point
quitter Levie, j'imaginois qu'il falloit me
le faire céder à ce que je croyois me devoir à moi-même. Quoique je fuffe qu'-
elle devoit être deux jours à la campagne,
j'envoyai le lendemain favoir fi elle n'étoit
pas revenue.   Tourmenté par mon impatience & ma jaloufie, le jour d'après
j'y allai moi-même, & ne la trouvant pas,
je fus cent fois tenté d'aller la joindre;
mais plus vain encore que je n'étois amoureux, la crainte de faire croire à Madame
de Sirly que je ne pouvois fupporter fon
abfence, l'emporta, & malgré mes terreurs me fit refter.

J'étois à peine rentré, qu'on m'annonça le Marquis de Fronfard. Je fus flatté

de

de cette visite. J'espérois qu'elle feroit diversion à mon extrême douleur. Le Marquis ne fit autre chose que de tacher de me convaincre du besoin que j'avois de prendre Madame de Sotencourt, & moi je n'eus d'autre soin qu'à lui persuader que cela ne pourroit jamais être. Fronsard ne fut pas plutôt sorti, que sans faire beaucoup de réflexions à tout ce qu'il m'avoit dit, je repris mon emploi ordinaire, rêver à Levie; m'affliger de son départ, & soupirer après son retour, étoient alors les seules choses dont je pusse m'occuper.

Ce jour si vivement desiré vînt enfin. J'allai chez Levie, & j'appris qu'elle & Madame de Neville, étoient revenues & sorties. Je crus, je ne sais pourquoi, qu'elles ne pourroient être que chez Madame de Sirly, & j'y volai. Un intérêt trop vif m'y conduisoit, pour qu'il put être balancé par la crainte de la revoir : & d'ailleurs ma colere s'étoit affoiblie, & par le tems & par les réflexions que j'avois faites sur mon injustice.

Il y avoit beaucoup de monde chez Madame de Sirly ; mais je n'y trouvai point Levie. L'espérance de l'y voir arriver, & la certitude qu'au milieu d'un

H   cer-

cercle si nombreux, Madame de Sirly ne trouveroit pas un moment pour me parler, modererent mon chagrin, & me firent rester. Elle jouoit quand j'arrivai; & sans paroître ni troublée ni émue de ma présence, elle ne prit avec moi que les façons que je lui avois vûes, lorsqu'il n'étoit encore question de rien entre nous deux.

Sa partie finie, elle me proposa de jouer avec elle, je l'acceptai. Mon oisiveté m'ennuyoit, & je me flattai que l'occupation du jeu m'enleveroit à des idées qui commençoient à m'être importunes. Je jouai donc, mais avec une distraction extrême, & n'osant presque jamais regarder Madame de Sirly, dont l'air assuré & tranquille ne se dementoit pas, & qui le livroit avec intrépidité aux remarques qu'elle voyoit que je faisois sur elle. Le Marquis de * * * qui jouoit avec nous, & qu'elle avoit ramené de la campagne, lui parut apparemment propre à me donner de l'inquiétude: elle commença à lui sourire, à le regarder fixément, & à lui faire enfin de ces agaceries, qui quoique peu fortes en elles-mêmes, répétées, deviennent décisives. Leur manège m'impatienta: ce n'étoit pas qu'il intéressât mon

cœur;

cœur; mais il me fembloit que je jouois-
là un rôle défagréable. Enfin on fervit.
Sans y penfer, à ce que je croyois, je
voulus me mettre auprès de Madame de
Sirly. Elle s'en apperçut, & loin de paroître m'en favoir gré, elle arrangea les
chofes de façon que ce fut le Marquis,
que je regardois toûjours comme mon
fucceffeur. Ceci auroit du me détacher
d'elle pour toûjours, & c'eft ce qui la rendoit pour mon cœur plus redoutable. Je
ne pouvois pas dire que ce fut l'amour
qu'elle m'infpiroit; mais j'étois entraîné
par des mouvemens que je ne connoiffois
point, & que je n'aurois pas pu me dé-
finir; ils étoient violens fans être tendres,
aucun defir ne s'y mêloit, j'étois piqué
fans être amoureux. Bientôt le fouper
s'anima. Madame de Sirly, qui, après
avoir mortifié ma vanité, vouloit me
plaire, n'épargna rien pour y réuffir.
Cette féduifante coquetterie, plus puif-
fante fur nous que la beauté même, ces
airs agaçans que nous méprifons quelquefois, & aufquels nous cédons toûjours, les fouris les plus tendres, les regards les plus vifs, tout fut, & inutilement employé. Perfuadé que le feul defir
d'engager mon rival, lui donnoit tous
ces charmes; je me révoltai contr'eux.

H 2

Son

Son enjouement me parut contraint, son
esprit apprêté, & les graces dont elle venoit de s'embellir, me semblerent peu
faites pour son âge. Je regardois tout
avec des yeux jaloux. Mon cœur étoit
troublé par la colere, mais tranquille du
côté de l'amour; du moins, tout entier à
la haine que m'inspiroit Madame de Sirly,
n'eus-je pas lieu de douter que je la trouvois belle.

Et nous marquons trop nos désirs, ils
agissent trop sensiblement sur nous, pour
qu'ils puissent échaper à la femme la moins
habile. Madame de Sirly qui n'étoit point
dans le cas de pouvoir se méprendre à
mes mouvemens, connut à la froideur
de mes regards, qu'elle ne faisoit pas sur
moi une aussi vive impression qu'elle l'auroit désiré. Elle commença à me regarder avec moins de tiédeur: au sortir de ta-
ble je la trouvai plus tendre que jamais.
Je voulus d'abord m'en aller; mais je
pensai aussi qu'il y auroit autant de finesse
à troubler Madame de Sirly dans son rendez-vous, qu'il y en avoit eu à le deviner.
Quand tout le monde se fut retiré, elle
se jetta sur un canapé, je levai les yeux
sur elle un moment, & je la trouvai si
belle! elle étoit dans une attitude si négligée,

gée, si touchante & toute fois si modeste : ses yeux qu'elle laissa tendrement
tomber sur moi, m'assuroient encore de
tant d'amour, qu'il se glissa dans mes sens
je ne sais quel trouble qui me disposant
mieux à l'écouter, me rendit cependant
plus distrait. Il faudroit sans doute, me
dit-elle, pour mériter votre estime, que
je n'eusse jamais été déterminée à l'amour
que par vous. Je ne l'ai pas moins desiré
que vous auriez pu le desirer vous-même;
& quand j'ai commencé à vous aimer,
j'ai eu un extrême regret de ce que mon
cœur n'étoit pas aussi neuf que le vôtre,
& de ne pouvoir pas vous en offrir les
prémices. Ce discours étoit si tendre, il
me peignoit si bien la violence & la vérité de sa passion, il étoit soutenu par un
son de voix si flatteur, que je ne pûs l'entendre sans me sentir vivement ému, &
sans me repentir de faire le malheur d'une
femme, qui par sa beauté du moins ne
méritoit pas une si cruelle destinée ? Cette
idée sur laquelle j'appuyai, m'arracha un
soupir. Madame de Sirly l'attendoit depuis trop long-tems pour qu'il lui écha-
pât. Elle se tut pour un instant, me regardant toûjours. Elle espéroit sans doute
que ce soupir me conduiroit plus loin;
H 3

mais

mais voyant que je m'obſtinois encore à garder le ſilence, elle pourſuivit ainſi.

Avant même que vous fuſſiez ſûr d'être aimé , vous m'avez fait eſſuyer des caprices dont vous ne daignez ſeulement pas vous excuſer, & qu'il ſembloit que vous fuſſiez fâché que je vous pardonnaſ-ſe. Je vous ai vû dans le même tems man-quer à me rendre même les devoirs les plus ſimples, paſſer volontairement plu-ſieurs jours ſans me voir, ne me parler de votre amour qu'avec toute la froideur qui pouvoit m'empêcher de lui être favo-rable, & agir enfin avec moi, moins com-me avec une femme à qui vous vouliez plaire, que comme avec une que vous auriez voulu quitter. Si quelquefois vous paroiſſiez plus animé, je ne trouvois point dans vos tranſports, ce qui auroit pu me les faire partager ; & vous ne paroiſſiez jamais vous livrer moins au ſentiment, que lorſque vous vous laiſſiez plus empor-ter à vos deſirs. Tous ces défauts ne m'é-chapoient point; mais en me plongeant dans une douleur mortelle, ils n'arrêtoient point mon penchant pour vous. Je vous croyois peu formé aux uſages du monde; & ne voulois point vous voir coupable. J'eſpérois que l'habitude d'aimer vous ôte-

roit

roit cette rudesse que je trouvai dans vos façons, que vous recevriez avec plaisir les avis d'une femme qui vous aimoit, & que je pourrois enfin vous rendre tel que je desirois que vous fussiez. Plus je sacrifiois pour vous, plus pour vous je m'éloignois des mes principes, plus vous me deviez de réconnoissance & d'amour. Un autre que vous auroit senti que la tendresse seule pouvoit m'étourdir sur la faute irréparable que je faisois, & qu'en l'aimant, je le chargeois du repos & du bonheur de ma vie; mais ajouta-t-elle, en tournant vers moi des yeux qui se remplissoient de larmes, cette façon de penser n'étoit pas faite pour vous.

Ah! Madame, m'écriai-je, pénétré de ses larmes, transporté hors de moi-même, serois-je assez malheureux pour ne vous plus voir vous intéresser à moi? Non! continuai-je en lui baisant la main avec ardeur, vous me rendrez vos bontés; j'en serai digne . . . non Pinoles, interrompit-elle, je ne dois plus espérer de vous retrouver aussi tendre que je le voudrois. Les transports que je vous vois, ne peuvent plus, ni me flatter, ni me séduire. Plus jeune, & par conséquent plus étourdie, je prendrois peut-être vos desirs pour

l'a-

l'amour, ils m'auroient émûe, & vous feriez juſtifié ; mais vous l'avez déjà éprouvé dans une occaſion où je pouvois céder
ſans avoir rien à me reprocher, puiſque
je pouvois me croire aimée, que je ne
veux me rendre heureux qu'au ſentiment.
Ce qu'alors je n'ai pas fait, je dois le faire
moins que jamais.   Ah! Madame, m'é-
criai-je plein d'un trouble qui ne me laiſ-
ſoit pas la liberté de réfléchir.   Vous ne
m'avez point aimé. Vous verriez moins
tranquillement mon déſeſpoir ; vous y ſe-
riez ſenſible, ſi votre tendreſſe pour moi
avoit été auſſi forte que vous le dites ? Se-
roit-il poſſible, reprit-elle, que je puiſſe
encore me flatter de vous être chère ! Eh !
quoi, lui dis-je, ne ceſſerez-vous pas de
m'oppoſer d'auſſi vaines terreurs ? Ah !
Pinoles, s'écria-t-elle, d'un ton plûs atten-
dri, l'intérêt dont il s'agit ici entre nous,
eſt trop grand pour moi pour devoir être
traité ſi legèrement, & je ſuis perdue ſi
je ne ſuis pas heureuſe.   Non, repris-je,
en la preſſant dans mes bras, ma tendreſſe ne vous laiſſera rien à deſirer.

Mais, Pinoles, répondit-elle, en pa-
roiſſant rêver, ne pouvez-vous pas être
content de mon amitié ? ſongez-vous que
je ne vous préférerai à perſonne, & qu'à

peu

peu de chose près, j'aurai pour vous l'amour le plus tendre; croyez-moi, ajouta-t-elle, en me regardant avec des yeux que la paſſion la plus vive animoit, ce qui nous reſte, & ce que je vous refuſſe, ne vaut pas ce que je vous offre. Non, lui dis-je, en me jettant à ſes genoux, & plus enflammé encore par la réſiſtance, non, vous me rendrez tout ce que j'ai perdu. Ah, cruel! s'écria-t-elle, en ſoupirant, voulez-vous faire le malheur de ma vie, & n'avez-vous pas déjà aſſez de preuves de ſa tendreſſe? levez-vous, ajouta-t-elle, d'une voix preſque éteinte, vous m'aimez. . . . .

En achêvant ces paroles, elle baiſſa les yeux comme ſi elle eut été honteuſe de m'en avoir tant dit. Malgré le tour ſérieux que notre converſation avoit pris ſur ſa fin, je me ſouvenois parfaitement du ridicule que Madame de Sirly avoit jetté ſur mes craintes. Je la preſſai tendrement de me regarder. Je l'obtins, nous nous fixâmes. Je lui trouvai dans les yeux cette expreſſion de volupté que je lui avois vûe le jour qu'elle m'apprenoit par quelles progreſſions on arrive aux plaiſirs, & combien l'amour les ſubdiviſe. Plus hardi, & cependant encore

H 5

trop

trop timide, j'essayois en tremblant, jus-
que où pouvoit aller son indulgence.   Il
sembloit que mes transports augmentas-
sent encore ses charmes, & lui donnas-
sent des graces plus touchantes.   Ses regards, ses soupirs, son silence,   tout
m'apprit, quoiqu'un peu tard, à quel
point j'étois aimé.   J'étois trop jeune
pour ne pas croire aimer moi-même.
L'ouvrage de mes sens me parut celui de
mon cœur. Je m'abandonnai à toute l'y-
vresse de ce dangereux moment ; & je
me rendis enfin aussi coupable que je
pouvois l'être.

Je l'avouerai, mon crime me plut,
mon illusion fut longue; soit que le ma-
léfice de mon âge l'entretint, ou que
Madame de Sirly seule la prolongeât. Loin
de m'occuper de mon infidélité, je ne
songeois qu'à jouir de ma victoire ; ce
que je croyois qu'elle m'avoit accordé me
la rendoit encore plus précieuse ; & quoique je ne triomphasse dans le fond que
des obstacles que je m'étois opposé, je
n'en imaginai pas moins que la résistance
de Madame avoit été extrême. Je n'en
fût pas plutôt possesseur, que je sentis
toute mon estime pour elle. L'unique
chose que je souhaitasse pour l'avenir,
étoit

étoit qu'elle ne ceſſât pas de m'aimer. Ses charmes flattoient mes ſens, & ſon amour qui me paroiſſoit prodigieux, ſe communiquoit à mon ame, & y répandoit le trouble le plus flatteur.

Je ſentis enfin diminuer mon erreur, mais trop peu pour me livrer au repentir. Je me ferois cependant livré aux réflexions, ſi Madame de Sirly avoit bien voulu ne pas m'interrompre; mais malheureuſement pour ma raiſon, elle s'apperçut que je rêvois, & m'en montra une ſorte d'inquiétude qu'il n'auroit pas été honnête de lui laiſſer, & qu'en effet elle ne méritoit pas d'avoir. Je la raſſurai donc. Jamais amante n'a été moins vaine, ni plus timide. Plus je louois ſes charmes, plus je m'en occupois, moins elle oſoit, diſoit-elle, ſe flatter de leur pouvoir ſur moi. Je paroiſſois tranſporté & peut-être n'aimois-je pas. Etoit-elle forcée de convenir que je l'aimois, elle n'en étoit pas plus tranquille. Après s'être abandonnée aux vanités, elle revenoit aux tranſports; l'enjouement le plus tendre & le badinage le plus ſéduiſant, enfin tout ce que l'amour a de charmant quand il ne ſe contraint plus, ſe ſuccédoit ſans ceſſe, & m'entretenoit dans une agitation qui me ren-

doit

doit peu propre à des réflexions bien sérieuses.

Quelqu'enchanté que je fusse, mes yeux s'ouvrirent enfin. Sans connoître ce qui me manquoit, je sentis du vuide dans mon ame. Mon imagination seule étoit émue; & pour ne pas tomber dans la langueur, j'avois besoin de l'exciter. J'étois encore empressé, mais moins ardent. J'admirois toûjours, & n'étois plus touché. Ce fût envain que je voulus me rendre mes premiers transports. Je ne me livrois plus à Madame de Sirly que d'un air contraint, & je me reprochois jusqu'aux moindres desirs que sa beauté m'arrachoit encore.

Levie, cette Levie que j'adorois, quoique je l'eusse si parfaitement oubliée, revint regner sur mon cœur. La vivacité des sentimens que je retrouvois pour elle, me rendoit encore moins concevable ce qui s'étoit passé. Ma situation devoit d'autant plus m'étonner, que j'avois été vain & jaloux sans le savoir. Il étoit au reste extrêmement simple que Madame de Sirly, qui joignoit à beaucoup de beauté, une extreme connoissance du cœur, m'eut conduit imperceptiblement ou j'en

étois

étois venu avec elle. Ce que j'en puis croire aujourd'hui, c'est que si j'avois eu plus d'expérience, elle ne m'en auroit que plus promptement séduit; ce qu'on appelle l'usage du monde ne nous rendant plus éclairés, que parce qu'il nous a plus corrompus.

Il m'auroit donc fait sentir vivement combien il est honteux d'être fidéle. Je n'aurois pas à la vérité été saisi par le sentiment, il m'auroit paru ridicule dans Madame de Sirly; & pour me plaire, il auroit fallu qu'elle eut été aussi méprisable qu'elle avoit évité de me le paroître. Loin même que l'idée de Levie eut été bannie un moment de ma mémoire, j'aurois trouvé du plaisir à m'en occuper. Au milieu même du trouble où Madame de Sirly m'auroit plongé, j'aurois gémi de l'usage qui ne nous permet pas de résister à une femme à qui nous plaisons, j'aurois sauvé mon cœur du désordre de mes sens; & par ces distinctions délicates, que l'on pourroit appeller le quiétisme de l'amour, je me serois livré à tous les charmes de l'occasion, sans pouvoir courir le risque d'être infidéle.

Cette

Cette commode Métaphysique m'étoit inconnue, & ce fut avec un extrême regret, que je vis à quel point je m'étois trompé. Les empreſſemens de Madame de Sirly augmenterent pendant quelque tems mon chagrin; mais ſoit que je m'ennuyaſſe d'être coupable, ſoit que je craigniſſe d'eſſuyer des reproches auſquels je n'aurois ſu que répondre, ou que dans l'yvreſſe où j'étois encore, le ſentiment n'agit que foiblement ſur moi, je me révoltai contre une idée qui me devenoit importune. Dérobé aux plaiſirs par les remords, arraché aux remords par les plaiſirs, je ne pouvois pas être ſûr un moment de moi-même. Je l'avourai même à ma honte, quelquefois je me juſtifiois mon procédé, & je ne concevois point comment j'avois pu manquer à Levie, puiſqu'elle ne m'aimoit pas, que je ne lui avois rien promis, & que je ne pouvois pas eſpérer de lui devoir jamais autant de connoiſſance que j'en devois à Madame de Sirly.

Je perſuadois aſſez facilement à mon eſprit, que ce raiſonnement étoit juſte; mais je ne pouvois pas de même tromper mon cœur. Accablé des reproches ſecrets qu'il me faiſoit, & ne pouvant en

triom=

triompher, j'essayai de m'en distraire,
& de perdre dans de nouveaux égaremens, un souvenir importun qui m'occupoit malgré moi. Ce fut envain que
je le tentai, & chaque instant me rendoit plus criminel, sans que je m'en trou-
vasse plus tranquille.

Quelques heures s'étoient écoulées
dans ces contradictions, & le jour commençoit à paroître, qu'il s'en falloit
beaucoup que je fusse d'accord avec moi-
méme. Graces aux bienséances que Madame de Sirly observoit séverement, elle
me renvoya enfin, & je la quittai, en lui
promettant, malgré mes remords, de
la voir le lendemain de bonne heure, &
très-déterminé de plus à lui tenir parole.

F I N.